山海詩

靜話
Urxgrlmzo
螢火山
水晶山
信仰書店
太陽山
修道者天崖
火焰海
冰釋山
永夜村
蝴蝶山
垃圾山
אוריאל
糖果山
愛心草原
סמאל
清沙海
搖尾巴之丘
鮭魚山
肋骨山
ממון
蝸牛海
星星山
人造山
瓢蟲海
牛奶海
רפאל
積木海
美之海
日界山
文字海
寶石海
愛之海
天狗相撲場
彩虹橋
鞋子海
龍血山
樂園山
鏡靜海
衝之海
等待海
玩具山
期限城
毛毛海
日出海
數字海
卵殼山
靈魂海
劃中海
Factual
成長海
紙漿海
日誌海
模糊海
魚缸海
信愈海
思想海
密語山
小小海
風之海
夜空海
白玉山
舌苔海
玻璃海
風之海
流星海
洞穴海
生命海
存在山
鐵球海
螢窟海
釦子海
山中山
遙遠山
汽水海
緊張海
瘋狂海
刀鋒海
眼淚海
觀
面具之丘
熱鬧海
聯想海
光闇海
那座山
碎片海
刺刺海
小說山
懶豬海
爺爺小屋
土狗山
荒謬山
荷葉海
糖果舖子
恐龍小鎮
晶花海
萬獸國
零朵山
香睡山
頭髮山
葉子海
醒紅海
בעל זבוב
花之都
失眠者樂園
月生海
אשמדאי
晴鐘海
滾影山
女夷山
大大海
薰衣山
蘭蘋山
בעל-פעור
玄
幽
壁
顯
鈞
蒼
朱
陽
炎
地心海

山海詩

推薦序：抒情的神話與童話

——陳芳明

政治大學臺灣文學所專任教授

洪逸辰獲得詩人流浪計畫，是在二〇一八年十一月。他當時提出的寫詩計劃，是要去日本大阪中低收入戶生活區。那時我擔任評審，閱讀他的計劃與詩作，非常訝異如此年輕的詩創作者，擁有一份不尋常的人文關懷。在那之前，他的名字於我非常陌生。他提出計劃時，也附帶幾篇詩作，夾帶著豐富想像力，那時就強烈感覺這位詩人具有敏銳的心。在臺北齊東詩舍頒獎時，我才第一次與他認識。他的神情有些內向，表達語言時也有些羞澀，似乎與他計劃中所顯現的果決，頗有一些距離。獲獎後，他依照計劃前往大阪，停留期間在貧困地帶四處造訪。他可以使用日語，顯然與當地居民互動非常頻繁。對這位年輕詩人，我看得特別高，只因為他非常果敢，態度也親切溫和。更重要的是，他擁有豐富的想像力。所謂想像（imagination）是所有詩創作的原動力，通過想像才有可能釀造詩的意象（image）。走過他的詩行之間，總是會遇到突如其來的意象，那是從他內心底層湧發出來的真實感覺。

在完成《山海詩》這部詩集之前，他已經獲獎無數次。詩集中的作品，已經具備一種氣勢，而那樣的氣勢，則是由他無數的創作過程中所釀造出來。一位年輕詩人的誕生，並不必然要具備豐富的生活經驗，但至少他需要有勇氣去探索陌生的社會領域。閱讀他的詩作時，我才明白他為什麼要去大阪的貧民生活區。透過陌生水域的摸索，顯然可以使他的靈魂加寬加大。當他寄來《山海詩》這部作品時，我終於窺見他非凡的想像世界。捧讀《山海詩》之際，我立刻聯想到中國的古典作品《山海經》。在這部古典作品裡，可以看到許多奇怪的命名，例如：丹穴山、非山、陽夾山、雞山等。裡面充滿了神話與傳說，中文系畢業的洪逸辰想必對這部經典毫不陌生。

《山海詩》包含了許多山與海的故事，在傳說與真實之間，有意彰顯詩人靈魂深處的想像力。他對詩行的營造，充滿了各種嚮往與夢想。在虛實之間穿梭時，總是會帶出他個人真實的感覺。那是青春生命的活潑想像，也是他對理想國的嚮往與幻滅。很少有年輕詩人，敢於如此大膽探索自己身體內部的各種感覺。每種感覺就是一座山，每一種夢想就是一個大海。在痛苦與歡愉之間，往往出現相生相剋的意象。真與幻的文字，是那樣生動觸探了無法觸及的靈魂深淵。其中有卡通式的表演，也有喜劇式的擬仿，更有悲劇式的耽溺。在捧讀之際，不免會與這位詩人一起喜悅，一起悲傷。他的文字演出，似乎已經突破了非常遙遠的疆界，甚至已經涉入了情慾的禁區。這是我多年來，所遇到非常罕見的試驗與實驗。

這位年輕詩人的想像力，已經到了呼風喚雨的地步。當他的生命與整個天地結盟時，便掙脫了許多人為的禁錮。充滿生命力的詩行，從此就獲得無邊無際的空間。他的語言與文字，也因此而完全不受到羈絆。似乎海洋有多寬，天空有多高，他的遣詞用字就有無限的可能。那種童話式的語言，既帶著神祕的暗示，也帶著鮮明的感覺。讓所有的讀者受到牽引，去發現生命裡所未曾發現的世界。詩的前面兩行，如此引導著讀者：

每年的今天，天空
都會下一場文字雨。

以突發奇想的手法，勾引讀者的好奇心，不免會揣測什麼是「文字雨」。這樣奇妙的聯想，顯然是從童心出發，否則不可能把「文字」與「雨」連結起來。詩人有意把自己幼稚化，也把自己徹底矮化，才能夠以平視的眼光看見兒童的世界。對於大人而言，長期受到社會化與成人化的影響，最純真的心靈慢慢受到遮蔽。尤其受到教育體制的灌輸，便逐漸失去最純潔的想像力。文字最能夠彰顯人類的想像力，把具體事物化為抽象表現，是人類獨有的能力，所有的文字沒有固定意義。它之所以能夠那麼活潑，完全是因為透過人類的思考，而轉化成為意義的傳達。文字所及之處，也是人類生命力的延伸。詩人能夠化文字為雨，正好彰顯他能夠把扁平的意義，化為活潑的想像。

如果沒有具備一顆童心，就不可能超越所有文字障礙。他讓自己縮小，也讓自己矮化，就能夠看到成人所看不到的世界。詩集中的一首短詩〈日出海〉，只有六行，非常精緻：

安棲海底
涼冷如我的體溫
以為，已是最合宜的溫度了

直到一次躲不過日出
才愛上
太陽所溫熱的海面

歌頌太陽一直是現代詩永恆的主題，詩人擅長使用反語的方式，彰顯正面價值。長久棲息在海底的生命，可能已經習慣冰涼的水溫。只是不經意迎接一場日出，他才感受到海面的溫暖。童話式的語言，反襯一顆純潔的心。如果從未感受到日出的美感，這首詩似乎就無法誕生。他總是偏愛一閃即逝的美感，如果錯過就錯過了。這首詩的底層，暗藏了冰肌玉骨的想像。詩人所釀造的感覺，因為詩的存在而保留下來。另一首近乎童詩〈魚缸海〉的短作，也令人偏愛：

面著你
我成了豢養在透明水缸的金魚
緋紅著雙頰

「啵、啵……」
開口欲言
又說不出話語
啊啊，視線像水草纏繞我的鰭
游不出你的眼睛

水缸是一種囚禁的隱喻，被感情所苦惱的生命，唯一能夠逃脫的方式，便是獲得對方的回應。暗藏在內心的洶湧語言，似乎無法脫口而出。那種自我囚禁或自我監禁，暗示了多少千言萬語的感情，彷彿豢養在透明的水缸裡。只能受到觀看，卻無法說出滿腔的語言。這種單戀式、耽溺式的感情，以這樣的形式彰顯出來，正好定義了詩人的純真無邪。

相對於海的存在，詩集也集中描述山的羅列。海，主要表現於它的廣闊，還有它的深邃。山，則是強烈帶有崇高的意象，也有它堆疊的繁複。那種強烈的對比，顯然是在彰顯他內在世界的崇山峻嶺。許多遮蔽的風景，都暗藏在山的羅列之間。相較於水的透明，山則充滿了過剩的神祕。詩人想像便是透過山與海的辯證關係，而梳理出感情的矛盾，理想的嚮往。無論是崇高或是縱深，正好可以拉出詩人內心的繁複。夾在神話與童話之間，正好可以探測出詩人的聯想能力，透過隱喻、象徵的表現，而終於把許多欲語還休的語言呈現出來。真實的感情不可能給予確切定義，只能用迂迴的、隱喻的、間接的抽象語言呈現出來。詩集裡充滿了愛，卻又無法給予精準的表達。詩人這樣那樣的象徵手法，卻總是讓讀者在不經意之間感受到了。

充滿了童趣的〈糖果山〉，不免讓人聯想到從前童年時期讀過的一本《糖果屋》。童年是純真的原鄉，也是純潔之愛的故鄉，這首詩特別動人之處，便是詩行之間處處夾帶著童趣。其中有詩行特別迷人：

巨人的世界裏
是巧克力蝙蝠
蜜糖蜘蛛
棉花的狼

蝙蝠、蜘蛛、狼都是帶著負面的形象，但是在兒童的眼睛裡，因為還未經過成人世界的馴化，所以看待每一種生命都非常貼心。兩種悖反的事物並置在一起，就產生既和諧又相剋的意象。尤其是「棉花的狼」，不免使讀者會心一笑，甚至使人有一種想要擁抱的錯覺。巨人的世界其實就是兒童的世界，他們不知天高地厚，也無法分辨純潔與邪惡。他們可以把整個世界，無論善惡美醜都裝進小小心靈裡。詩人的童心在此又得到印證，內在的心靈有時非常膨脹，有時卻非常縮小。在極大與極小之間，正是兒童心靈的最佳寫照。

這首詩還夾帶了兩首短短詩行，一是「巨人笑了／氣息將我吹上雲端」；一是「巨人哭了／淚釀成我的水災」。在哭笑之間，正好烘托出詩人內心世界的純真。那樣無邪，那樣無垢，恰好可以用童詩的形式表現出來。詩人可以讓自己的心靈收放自如，也可以隨時膨脹、隨時萎縮。另一首詩〈水晶山〉，也表現了詩人晶瑩剔透的想像。這座水晶山住著大量的小孩，無論是肉體或內臟，全部都是水晶體。最奇妙之處，就像詩行所表現那樣：

水晶小孩注視彼此的瞳紋
透過光的折射
便能理解對方的思維

而肉體沒有侷限
可以是鬚髯絡絡的老人

童話的世界極大也極小，可以膨脹也可以縮小，可以遠眺也可以近望。他們的想像力豐富，詩人刻意貼近他們，使整個世界變成透明而活潑。這種童話式的表現，其實是在描摹愛的感覺。在愛裡充滿了想像，也充滿了生命力，只有把自己縮小成小孩，才可以使愛在每天成長。小孩的心廣闊如海，崇高如山，就像愛情那樣，整個世界隨時都可以變形。詩人刻意使用童趣的方式，重新看待這個世界。幼稚的心靈，正是詩的世界，許多雜質都已經過濾，剩下來就是純粹。

詩集裡令人喜愛的一首詩是〈夜空海〉，描述著兩地相隔的情人：

在一個平凡無奇、非朔非望的日子
分隔兩地的我們，不約而同
發現夜
其實就是一座海洋

詩人的心就是童心，只有在那世界裡，完全不受成人的污染；也只有在情愛裡，也完全不受庸俗價值的遮蔽。這是最典型的把時間化為空間，黑夜屬於時間，海洋屬於空間，這種轉化使扁平的想像，立刻翻轉成為立體。詩的想像從來不是空洞的，詩人的思考所到達之地，都是可以觸及的。如果永遠停留在抽象的思考，這首詩就欠缺容許讀者介入的空間。童話式的思考，正是詩人風格最動人之處。沒有這樣的聯想，沒有這樣的跳躍，整首詩就歸於平淡。

許多奧妙的想像，往往使讀者感到意外。他的另外一首詩〈聯想海〉，處處充滿了辯證思考，既矛盾又和諧。開始的前四行：

你在乎的是鹽之鹹與糖之甜
我則在乎鹽之白和糖之白有何區別
然後你提到霧之白
其實我在乎的是霧之溼濃撲面

鹽與糖是屬於味覺，但是「我」在乎的是視覺，味覺比較容易分別出來，而白色卻容易產生錯覺。這是一種辯證式的表達方式，使得單純的議題變得特別繁複。這首詩又提到你看見霧之白，而我在乎的是霧之溼濃。這是一首正反思考的思辨，產生了相生相剋的無窮聯想。面對的海洋，詩人反而聯想到鹽與糖、雨與霧，海洋是無窮無盡的空間，也是無窮無盡的想像。「Be water」是一種流動式的思維方式，也是一種流動式的群眾運動。它沒有形狀，也無所不在，可以轉化成不同的空間形式而呈現出來。詩人在寫這首詩時，以〈聯想海〉作為題目，又使他看到的世界充滿各種變化。

你說瞬間會想到雨後的彩虹
繽紛透明，為萬物填色又不奪其形
可我想看的是虹之長
盡頭，在哪兒呢？

詩人再次把空間的議題延伸出去，那種聯想力變幻莫測。從糖與鹽之白，轉化成彩虹的多彩。這是相當引人入勝的一首詩，如果繼續演化下去，也許可以完成一首長詩。詩人適可而止，終於結束於最後六行：

我陷默不語
只左手拈鹽，右手捉糖

扭萬花筒似地看
啊啊，
終於分出
二白的距離

顏色不能輕易分辨，但是味覺卻相當清晰可辨。這位年輕詩人的終極關懷，就是愛的追求。所有的愛，從來都無法定義。恰恰就是無法定義，才能夠彰顯詩人的思考是無窮無盡。這位詩人的誕生，夾帶著太多的神話與童話，容許讀者在他的作品裡，產生連綿不斷的想像。神話充滿了祕密，童話充滿了純真，在說與不說之間，詩的重量便呈現出來。

與這位年輕詩人的初識，是一種幸運。他所創造出來的全新語言，已經塑造出一個前所未見的世界。他有他自己的腔調，也有他自己的語法。他的文字所到之處，都開啟了一個陌生而新鮮的世界。他的潛力還未全然釋放出來，他就是一座山，也是一座海。現在他已經伸手邀請我們探索他的世界，無論是神話或童話，都可以讓我們全心接受。

——— 政大臺文所 2020.3.12

推薦序：超現實的山海間翱翔

—— 林士棻
清華大學藝術與設計學系講師、插畫家

身為一個記得學生作品比學生名字還要清楚的老師，當馥蕓寄信過來託我幫她創作插畫的詩集《山海詩》寫序時，我得承認一時間真的想不起她是誰，畢竟每年插畫課班上都有四十多個學生，而我們每週只有短短三小時相處。然而，當聽她在我面前細細地介紹這本作品，腦中的印象也慢慢清晰起來，原來是那個安靜的女生啊！只不過與當年的課堂不同，現在換她努力地說，而我仔細地聽，一樣的是我依然問了很多問題。

不管在世界的哪個角落，從事插畫這工作都並非一件容易的事，每隔幾年，就會有一些同業離開這個市場，畢竟長江後浪推前浪，不進步的創作者很容易就被市場所淘汰。而插畫在臺灣又尤其困難，除了市場大小之外，臺灣的大學並沒有完整而系統的插畫教育。學校裡我也只能在一年的有限時間中，努力地將我所學濃縮後教給學生，並希望他們能以此為基礎繼續努力，自己茁壯成長。重要的是，創作一直是一條漫長的路，或許的確有些人極具天賦，但能走到最後的往往都是那些努力不懈的人。

因此，當我聽到馥蕓說到她花了五年時光慢慢地完成這本書的插畫，有種學生長大的感覺。對任何創作者而言，完成任何一件作品都不是容易的事，更遑論這本詩集的插畫逾百幅了。

在馥蕓的插畫作品中，能夠看到受到學校薰陶的筆觸，卻又不被所學侷限，這也是身為老師特別欣慰的事。如卷首的〈神話〉就展現出超現實主義的異想天開，也為整本插圖的風格定調；也有如〈日誌海〉以解構方式呈現的作品；而在〈垃圾山〉、〈荒謬山〉等作品也看得出馥蕓想用魔幻寫實之筆寄託欲諷喻的事物；在卷末的〈觀〉及整個系列以西方裝飾性筆法結合東方山水畫的圖騰，呈現出中西合璧的創意。

雖說我並不覺得在馥蕓漫漫五年的創作過程中，我扮演了什麼重要的角色，可當她願意回來告訴我出版的喜訊，甚至邀我寫序，我仍然十分高興而感動。我只是將她領進門，而這些成果都是她慢慢努力的收穫，我相信她在完成這些創作的過程一定也獲得了諸多成長。我也期待馥蕓在未來能有更多的創作。

《山海詩》這本書，說是現代詩，又像一個個小故事，一個個關於現實卻又奇幻的篇章，搭配馥蕓的插畫，是一本特別而有趣的書，希望大家都能在這片超現實的山和海之間翺翔。

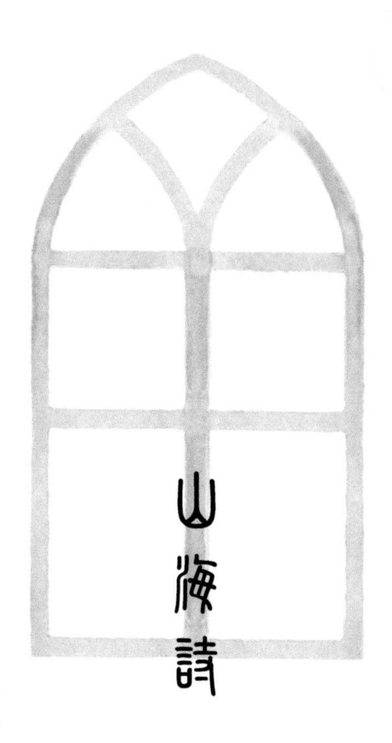

山海詩

楔子

卷首
神話 1

北海

06 積水海
07 瓢蟲海
09 文字海
11 蝸牛海
14 美之海
16 寶石海
17 牛奶海
20 鞋子海
22 雷之海
24 純粹海
25 火燄海
26 漂沙海

北山

燈火山 30
鯨魚山 34
垃圾山 38
糖果山 41
蝴蝶山 44
水晶山 48
冰霧山 52

東海

愛之海 56
日出海 61
日誌海 62
模糊海 64
等待海 65
魚缸海 67
顱中海 68
毛毛海 69
夜空海 70
思想海 72
誓言海 73
瘋狂海 76

東山

80 肋骨山
83 星星山
87 遙遠山
92 那座山
95 雲朵山
96 日界山
102 龍血山

南海

108 葉子海
111 眼淚海
112 腥紅海
114 時鐘海
116 荷葉海
118 聯想海
120 光闇海
122 情緒海
123 刺刺海
124 晶花海
125 刀礫海
129 月生海

南山

女夷山 132
繭蛹山 137
荒謬山 142
土狗山 153
萬象山 157
頭髮山 159
疏影山 162

西海

熱鬧海 168

紙漿海 169

成長海 170

鐵球海 174

釦子海 175

緊張海 176

舌苔海 178

玻璃海 179

信息海 180

碎片海 182

汽水海 183

數字海 184

西山

190 白玉山

194 樂園山

197 昏睡山

198 人造山

204 小說山

205 玩具山

208 太陽山

大荒

214 大大海

中山

貝殼山 218
存在山 220
山中山 222
密語山 224

中海

228 生命海
230 洞穴海
234 風之海
236 小小海
238 靈魂海
240 流星海
242 地心海

卷末

觀 248

楔子

立春之日，天上花綻開無數光芒，輪狀放射，下穿層霄，一束光拋物線形地抵達遙遠山巔，風見雞誕生，微啟雙瞼，靜靜默默，凝視町鎮。

降婁春雷，驚醒了雨後蟄伏的春筍與蟲草鳥獸，萬物心癢撓騷，蠢蠢攢動。早在之前，你已飛向北方。

精靈的燈、光的沙畫，讖言運命的軌跡；
終焉之所、它山之石，楬櫫生命的循環；
百香斑斕、呦呦嘯鳴，導引靈命的依歸；
一角偏安、晝夜補天，踏向宿命的長廊。

玄枵虛空，牛虎地之善和羊猴方之惡，殷殷扭轉，幻幻交融，化為迴旋的黑洞吞噬京兆思緒；蒼穹米米輻散，玄變蒼陽炎朱顥幽鈞——澤雷勾勒現實之廣，水火砮劃虛構之袤，唯心的海和唯物的山彷彿城郭隨阡陌既濟成形：海、山、海、山、海，輿圖環環遞嬗，如漣漪的瀲灩。

輪迴娵訾，再啟雙瞼，睟已非睟，犁鼻甦醒，幽微的松子香飄風逸逸。你將觀矚町鎮，町鎮矗立大地，大地也正觀矚著你。

卷首

神話

面對巨大的海洋
陽傘下的人事不關己，只用炭筆
塗黑面龐，曝曬肉體

岸邊的人撿撿回憶與貝殼
踏踏水，偶爾眺望遠浪翻白
打上灘岸，僅潑及足踝

鬱結的人徘徊沙濱
終於浸水，被海腰斬
再一步，又懼怕水中重力
當浪的手熊熊搧上臉頰，承受痛楚
便心滿意足，連同死去的貝
任軀殼沖上陸地

熱愛海洋的人水淹及頸項
隨波濤跳躍，以為能征服海洋
當巨浪鋪蓋，喫進一口海
只好感歎海的偉大
自身渺小
又再次愛上海洋

而我，在一次孤獨的浪潮中被捲去
就一直躺在海洋的中央
仰望天空
思考，星宿如何幻化聖獸
木火金水、司掌天地
凱斯托與普勒克斯難分難捨
指指緊扣，旋向天堂
耳在水中靜靜幽幽
美人魚的聲線如菌絲鑽入耳蝸
分生、蔓爬我的腦褶
每當思想如緒抽發，便朵朵綻放
釋放孢子，茸茸密密如蜂毛擴散
覆蓋腦面，萌芽，開成一片
蔥蔥蘢蘢、濃白的黴之原
終於侵占水晶體、藤布視網膜
睜開眼，眼珠的虹彩僅剩一簇白
黴從瞳孔竄出、拉線，隆隆
扭轉成強碩的母樹
枝條延展溢出了天邊，枒尖上
蕾苞珠珠攤瓣
吐露顆顆新星
閃爍了整座天空

臥於海心
我替祂們寫下一段段
你還沒聽說的神話

北海

全部的故事開端，都源自於大海

積水海

天空下起一場大雨
雨滴變成貓貓狗狗
各種奇怪又可愛的生物掉了下來
我是隻小螞蟻
經過一灘縮在路面窟窿裏
還在變形的積水
突然你踩過，濺了我滿身
悠悠地爬到邊邊
看見車子來來去去
大廈搖搖欲墜
雲朵撕扯融化
人們毫不猶豫地路過
完售的自動販賣機與海洋
偷偷跟你說
其實海裏頭，還有一塊油漬
迷幻著彩虹的光芒

瓢蟲海

一隻漆紅黑斑的瓢蟲載著星星飛來
翅膀像紅豆萌芽的殼破開
嗡嗡隱隱地停佇葉尖
背殼中央有一座海
反映得銅紅
卻仍澄澈見底
海洋表層漾著整清早稀色的星辰
星辰下有一條條豆莢積雲
顏彩因太陽繞射而呈桃紅、月藍
再下面的人們如朵朵小花
參差在樓廈間
你擡頭仰望不可及的天空

嘆了口氣
氣隨嘴形化成各模怪樣的泡泡
向上飛揚

海面啵啵浮浮
我盤坐在瓢蟲的邊上
用祕密作餌
垂釣你的呼息與勇氣

文字海

每年的今天，天空
都會下一場文字雨。

數千年前，小鎮安恬
一卷陀螺似的暴風
突然天降
在山尖的藏書館上
萬本書捲入颬颰，渦旋、撕扯
文字傾灑而出
天空便下起文字雨
密語山為心，漪繞而散
田野村莊、零星島嶼
蔓至海外都市
全被文字的豪大雨侵襲
雨量驚人，積淹成海
人們左驚右詫地往高塔逃生
僥倖逃過的
卻也溼黏滿身
而絕大多數的人們沒頂、虛脫
漂浮於文字的海洋

數千年後，小鎮安恬
天空又下起一場文字雨
站在地窪，我們
雙手捧接

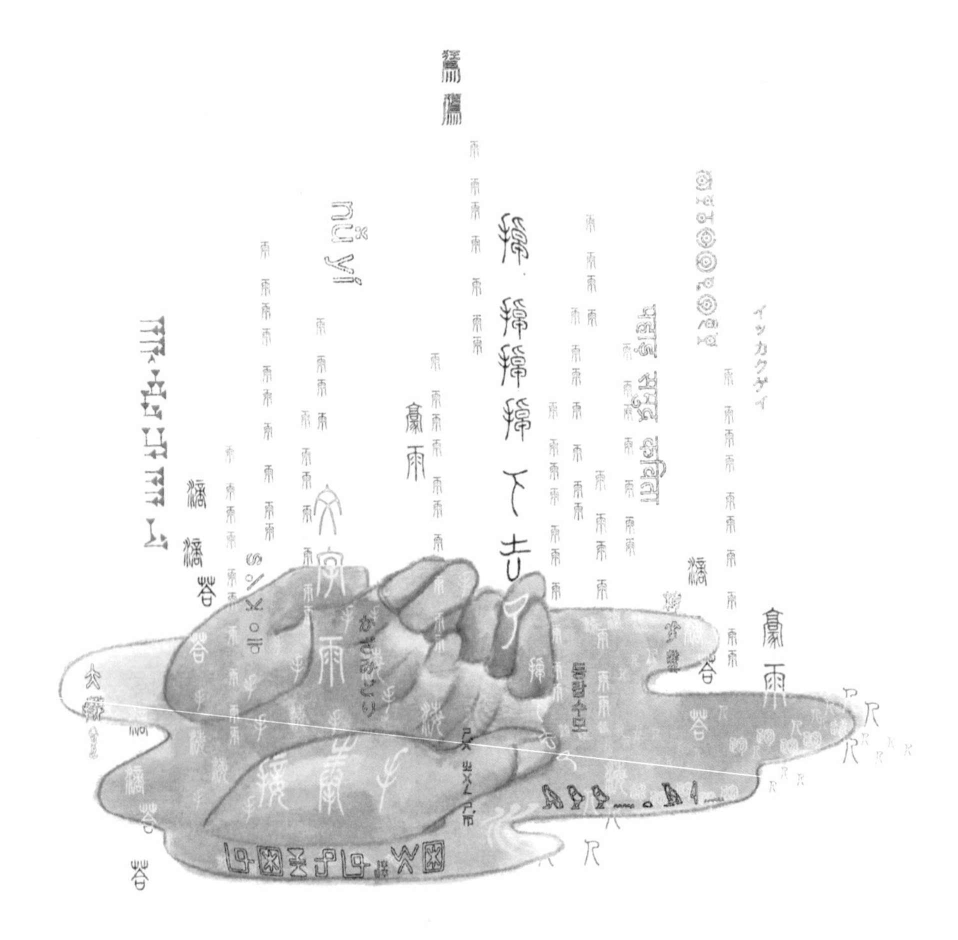

蝸牛海

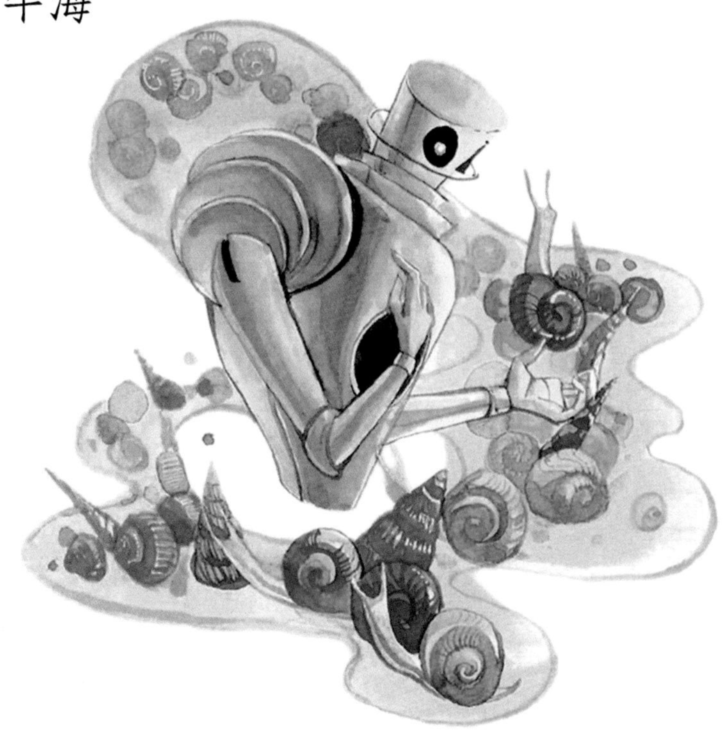

糖果山上住著一群巨人
他們的耳朵裏
藏著一座蝸牛的海

蝸牛海的心是渦漩
所有路過的聲音
即便不願意
都無法避免
被捲進思緒的浪潮

毛茸茸細細軟軟的
像在搔癢
是貓咪的蝸牛
蝙蝠的蝸牛渾身透明
刺刺的
心電圖的波形
魚的蝸牛啵啵啵地響
像曼陀珠
一顆接一顆
蝸牛的蝸牛不太動很溫靜
也沒什麼人理睬
可牠總能自得其樂

世界上沒有無意義的蝸牛
也不存在聽不到的蝸牛
就看你耳朵裏的蝸牛
有沒有把觸角藏起來

所以全部的聲音都是
從思想家口中吐出的
無家的蝸牛
尋找一個靈魂契合的殼
蜷進去

安身立命
慢慢地長大

巨人的耳朵很大
能住很多很多蝸牛
雖然比較小
但我們都有蝸牛
也有殼
你的蝸牛打算去哪裡呢？
誰的蝸牛又能住進你的耳朵？
其實都沒關係
只要你的蝸牛
觸角不要藏起來

美之海

⁒

女孩子，是用什麼作的呢
肯定，是冰糖、霓虹、香草
這些美好的事物吧

⁒

男孩子，又是什麼作的啊
有小狗的四肢、兔子的耳朵、貓咪的尾巴
毛茸茸、靜不下來呢

⁂

人哪，飽腹香氣、清甜
孕育著活潑與生意
是所有美的結晶啊

⁂

當世界滿溢著人
漫成一座海洋
繽繽紛紛
菱形、圓形、不規則形隨意堆疊
繚繞銀白、砂紅、森森藍，各種色彩
人的海洋
是最美的海

寶石海

你的皮膚，是開滿各種寶石的海
祖母綠深邃，天青石濃麗
軟白的崑崙玉銜著雲彩質地的玄武岩
盛開一片筍筍嶙峋，葡萄沙瓦般的紫晶原

你的皮膚，是晶耀各色斑斕的海
殷紅是笑靨，慘白是難眠
玄黑色正和杜斯妥也夫思奇激烈爭辯
還有一片寧謐的灰，像久旱後烏雲的柔軟恩惠

而我，只是紛紛爍爍中
一枚不起眼的
柳青琥珀
鑲在你隱密不見
粉白的胸口
只在一次淋浴的午後
隨心臟的鼓動
曖曖涵光

牛奶海

傳說有隻玳瑁貓
住在糖果山的愛心草原
那兒是乳牛族的棲息地
他們只有雌性
看不慣任何孤單的孩子
接回家，用愛哺育
才能站得高

乳牛族步伐蹣跚
母愛滿溢而出
玳瑁貓便自我推薦
要揹著牛奶桶子
去都市
去郊區
去黑街
去公園
尋找流浪的
愛中受傷的
自我放逐的
捱餓的靈魂

可才出發
揹著牛奶的玳瑁貓就重得跌倒了
掉入河中
桶子破了
牛奶汩汩而出
整條河川漂成白色
下游成了牛奶的海洋

玳瑁貓自責不已
坐在淺淺的河道上哭了出來
一隻小鹿笨拙地走到河邊
啜起牛奶，飽足後打了嗝，說：
「謝謝你，玳瑁貓，
　我餓著好多天了。」
玳瑁貓還發怔
口渴的烏鴉飛來啄著牛奶
小羔羊也顢頇走來，溫飽一頓
羊毛裏一隻蚊子喝脹了肚腩
花栗鼠蹦蹦跳來
推推鼓鼓的腮幫子
把果實丟到河中，笑嘻嘻地：
「這樣就是榛果牛奶了。」

蝶帶來蜜
熊扒了樹皮
聞才發現是肉桂
動物們開了一場牛奶的饗宴

玳瑁貓破涕笑了出來
擦擦淚眼
桶子是唯一的行李
要走遍世界
哺育沒喝過牛奶的孩子

鞋子海

我有一雙藻綠的馬汀鞋
穿了就會下雨
即使天氣預報
百分百放晴的日子
也不敵它威力滂沱

一定是鞋匠妖精
在我的鞋子安裝了泵浦
每走一步
雲的水塔
就把天空踩成海洋

於是我的鞋子裏
開始住進一雙海洋
走一走、跳啊跳
「噗吱、噗吱……」
一掌掌足跡踏在
蒼茫茫雪地凍結的
小冰人身旁
凹陷都融成湖泊
小冰人們得到了一點點溫暖

有了嬰兒的體溫
學會啼哭，學會歡騰
學會語言，學會算數
學會溫柔，學會包容
學會身披千萬種彩色的皮
學會笑

「噗吱、噗吱……」
當踏遍了世界
湖泊成群融合
我踩在裏頭
化成一座巨大、寧謐
無所不納的
鞋子的海

雷之海

曾有一瞬雷
傾注所有意念
擊打一株無名小草
承接全神貫穿的吻
焦黑的小草沒有死亡
便有了意識
成為一名草人

雨過天青
雷的偶然也不再貳次
草人開啟一趟
尋雷的旅程

他走過一座又一座的山
山的體溫令人眷戀
也滋養、也包容
陽光不過豔，由大樹遮護
水不漫，由土涵養
空氣鮮鮮，無一絲塵囂
溫溫柔柔地疼愛草人
焦炭的皮膚片片脫去，探出嫩芽
他身上的葉日漸豐滿

潤潤發亮
欲滴的露色

可草人一點也不快樂
山的愛太遼闊
無所不納
是屬於萬物的博愛
於是他離山而去
重啟旅行
尋覓雷的所在

傳聞北方有座雷電的海洋
無人敢走近
據說方圓百里內
皆因雷的巨響而耳鳴致失聰
可草人不怕
他沒有耳朵
也不需要耳朵
按著圖，尋求再次專注
焦疼的親吻

純粹海

從你輝藍的瞳孔
我試尋反映的貓眼石
深邃是一片搆不着的黑
也以為是空洞
退步遠觀
見得一丸圓滿

野貓的你渾身腥味
我來回踱步才又躡步迫近
因為好奇
以為純黑的你和純白的我未曾交集
待到輕躍主人的床
手搔著我下顎的毛
不自覺發出噗嚕嚕享受的歎息
你早已隱沒在暗巷
很遠、很久
偶然在電視上看到
一群斑馬囂張奔騰
凝視黑白間錯的海
回首看你，才清楚
純黑與純白
共享純粹

火燄海

金紙與銀紙
在爐中冥冥燃燒
紙焦黑、捲起、化為灰燼
由有，而無
因此爐，是一個穴口
通往虛無的世界
那兒居住著我們的信仰
神聖的火裏
有一隻耳朵
當禱語隨燼末飛入
便噴冒火星
捲起紅燄的漩渦
躁亂、乖戾、凶厄、駭怪
全將吸入，化為潔淨

我們心中都有一團火燄，
炎炎燒熔，
是一座信仰的海。

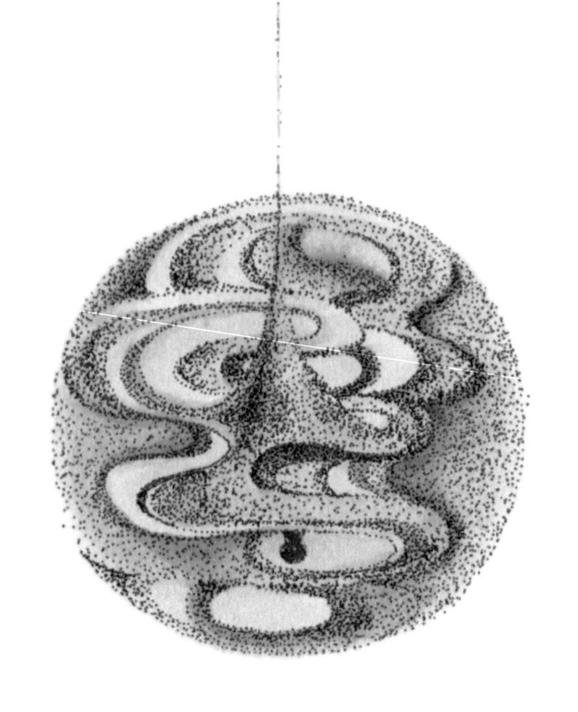

漂沙海

畏光的我
喜歡一片黑
睜眼是黑
閉眼是黑
可以安心作夢

忽然感到自己下墜
四周響起劇烈的蟲鳴
嘰嘰嚶嚶像葉笛
是誰在呼叫同伴？

甦醒後
在水中漂啊漂
無依無欲
無往無去
我是
一粒有意識的沙
隨風浪流動
隨潮汐流動
隨夢境流動
隨地球的脈搏流動
世界無處沒有我的流動
這不是旅行
不是出差
這是回家
世界是我的家

火山

燈火山

在北方的北方，那裡沒有北方
有一處村莊，坐落燈火山
永世極夜，孩子都未聞太陽
只有耆老祕藏的書櫃內側
存在日的痕跡

那兒的森林飛舞冬日的螢
村落人家，戶內掛滿吊鐘海棠
能發光，薄紫、白群、或桑椹紅
町路邊上，泡泡草與酸漿果叢生滿地
兩種長得極似，像燈籠
內藏的果實都會發光
泡泡草包覆三粒豆小的果
不禁碰，會爆開
而酸漿有一顆大如指圈、產熱的果實
摸來暖和，採食能驅寒
沿路走去是小鎮中央，有光之湖
棲息一隻巨大的鮟鱇魚
是整座小鎮的光源

我在湖畔將南方民謠吟唱
人們攢攢簇簇地輻輳而聚

大人關注未曾聆聽的旋律
小孩仨仨倆倆，捧著臉蹲著
好奇斗大綠帽下的面容
「南方的牧者，心中充滿喜悅快樂
　吃草的羊兒，不知下刻將被拋捨
　趕羊的狗兒，四處逡巡癡癡守著
　傳說的牧者，將要乘小小的船兒
　赴風雨飄搖的選擇……」
當音樂結束，收了小費
大人陸續回崗位工作
孩童則繞在身邊，問我牧者的後來
「為什麼要特地去冒險犯難呢？」
「羊兒與狗兒不是很可憐嗎？」
壓低帽沿，笑而不答
或許，是為了寬容世界的荒唐

攢足旅費，打算折一串燈籠草作燭
孩子忙說草折了就會死去，喪失光
無法替誰引路
他們將一枝大蔥的根摘除
捉了螢火蟲放進，粗如拇指的蔥
用樹枝堵住口，作把柄

螢光從蔥白、翠綠透出
霧霧的暈，是精靈的燈
我就這麼提著光，告別了孩子
穹心的月亮作伴，在夜裏出發
尋覓夜的止境

鯨魚山

北方來了一位風之旅者。

聽說聽說
北方有一座山
形狀像鯨魚張著大口
喚作鯨魚山
綠水環繞
只有胸鰭左右連結陸地
昂首立尾
躍出海面
看來精神抖擻

聽說聽說
那兒的土色若丹霞
壤下蘊藏鏽紅的鐵與鈣
陽光充沛，籠罩整塊大地
飽飫沃土的桉木林
木汁斑斕分泌
長成香香的彩色樹皮
嬌小的紫錦草與銀蕨躲在花叢
葉縫間細碎灑落的光點當鬼
玩起捉迷藏

聽說聽說
那兒生活著一群拇指松鼠
牠們最喜歡的食物叫蘋婆
是桉樹森林特產
表皮三菱相接，芒果紅
裹著如橡子的實
牠們喜歡蒐集
叼到山中央的洞
鯨魚的氣孔
下通地函
十分暖和
最適合築窩

聽說聽說
南國的公主喜愛蘋婆
他的部下是一群笨笨的土狗
把整座山的果實都採光
拇指松鼠餓死了
桉樹沒有松鼠啃食樹皮
形成層不斷漫溢的木漿被鎖住
一棵棵爆炸了
缺少桉木林的蔽蔭
紫錦草與銀蕨也曬乾了

鯨魚山覺得自己太過荒蕪
把兩隻手蹼和陸地斷開
鑽進水的隧道
回歸地心

於是於是，再也沒有人看過
丹霞地貌、彩虹桉木、拇指松鼠、
蘋婆、鯨魚山，
以及風之旅者的樣貌。

垃圾山

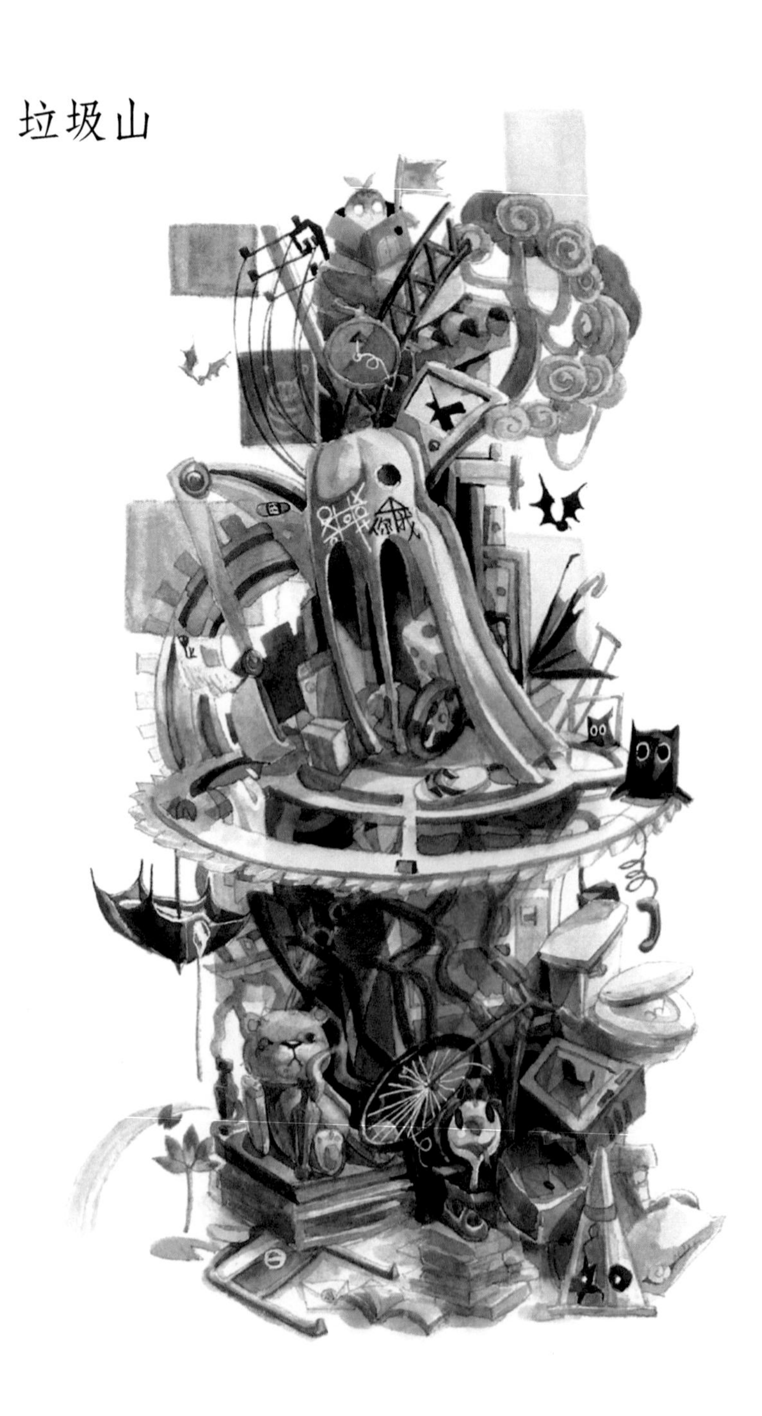

在都市圈的郭外
偏僻人稀
距離王都不算遠
約三小時可來往的地方
有一座垃圾積囤的山
居住著一群
披掛黑色塑膠袋的未知生物

每日每日
他們不辭艱辛
風塵僕僕前進都心
收取眾人的垃圾
那是他們的寶物
有的人因惡臭摀鼻而過
有的愛莫能助，投以同情目光
再有的，伸出善良的手拉他一把
披著的垃圾袋被掀開
裏頭好像是人
表皮生癩、單眼突出
齒列爆開、沒有鼻梁
掀起的人錯愕
說對不起後轉身逃開

未具名的褐色生物
在同伴的奚落下
套上黑塑膠袋
默默收拾，一步一遲
拖回垃圾山

那是新奇的人種嗎？
或者不是
他們存在感官嗎？
或者不是
他們有語言嗎？
或者不是
只知道他們生活在
我們息息關連的世界
尚未取名，或另存姓名
尚未定義，或另有意義
或是，姓名與意義在他們的世界
毋須多談

糖果山

我的愛人是一位巨人，
誕生自糖果山。

山之北寒霧裊繞
山之南燄海燒熔
糖果山冰火交錯
無人能夠接近
直到一群牝牛到來
舔舐鹽冰化為巨人的頭
吸息燄火吐出巨人的四肢
巨人嘬著牛奶成長
將鹹的海冰與甜的花火

揉成最愛的糖果
一顆顆地揉
直到整座山都變成糖果

巨人的世界裏
是巧克力蝙蝠
蜜糖蜘蛛
棉花的狼

所有人都不曾試過理解巨人
可我懂
他的指頭可愛
笑容豐腴
踩過的土都鬆了
竄出彩虹的橋
上頭的花綠忒地盎然

巨人笑了
氣息將我吹上雲端

巨人哭了
涙釀成我的水災

我是一朵葡萄菫花
在巨人的腳下誕生
只纖巧而不主張
我也能是一條牛奶河川
滋養巨人，笛泠地響
洗淨他的耳朵
我是結著金幣巧克力的樹
一隻冰糖啄木鳥
天空垂下的糖蔥藤蔓
我能為著他
化萬象姿態
無所不是
而一樣的，心
是永遠巨人
最愛的甜

蝴蝶山

傳說有一座山，
異名「止秋」，
四季恆楓，
一座深紅色的山。

這座山是我的山。

我擁有一座城堡
隱匿山中
這兒的樹葉是深紅色的
枝幹上長的都不是葉
滿停著寧靜的蝴蝶
這兒的土是深紅色的
地上遍布翅翼
踩過會脆脆地響
這兒的河是深紅色的
見不着水
鋪蓋著擱淺的蝴蝶
這兒的蝴蝶全是深紅色的
遠遠看像楓
人們以為長滿紅葉
其實全是蝴蝶

我是藍鬍子城主
娶過好多任妻子
可一個一個，都不在了
我深愛著他們
如對鬍鬚的執着
牛角髭的弧度得遵循黃金比例
翹起皇家的驕傲
頰側不得蓄髯
那顯得低俗野蠻
梳順山羊鬍致敬夏爾
像參加一場國王的晚宴

近來，我新娶了一位嫁娘
他澄澈如池的碧眼
映照著我的藍鬍子
啊啊，這必定是命運的安排呀
交付他整座城堡的鑰匙，不疑有他：
「碧眼的寶貝呀，我愛你，
　我們都是藍色眷顧的貴族，
　所以我的全部都是你的，
　而這些鑰匙就是我的全部，
　但唯有這一支鑰匙、
　第七道門，請不要打開

　這是我唯一不想讓你知道的，
　好嗎？」
他羞澀地點點頭
模樣是何等多嬌

「啪嗒嗒嗒嗒——」

一座山的蝴蝶從窗戶、地下道
還是僥倖和罪惡感的罅縫間竄進城堡
我是如此深信著他的藍眼睛啊
可他還是扭開了
從好奇心通往慾惡的門
知道嗎？
深紅色的山沒有養分
蝴蝶何以維生呢？
牠們吃的是
人的謊言

我好不容易洗淨了鬍子
藍色的鬍子
為什麼總是總是
要染紅我的鬍子呢？
寶貝，我只是想作自己
作一個深藍髭鬚的人

為什麼世上的每一個女人
老是要阻撓我呢？
「我不想愛了，
　我才一點都不需要愛。」

「啪嗒嗒嗒嗒——」

深紅的蝴蝶將我包圍
吸吮血肉，啃噬見骨
原來你們一直深愛著我
我的蝴蝶
對不起，我竟從未發覺
愛濃烈得腐蝕了我的徬徨
血染成與你們一樣的深紅
這樣我也能說服自己
捨棄愚蠢的藍色
與愛人融而為一了

我是深紅的城主，
鬍鬚是深紅的蝴蝶，
這是一座深紅的山，
這座山是我的山。

水晶山

史詩記載中，
不存在水晶山。
倏地出現在世界之北，
瞬間而完整，
沒人看見它的誕生。
因由水晶構成，
故喚水晶山。

水晶山居住大量的孩子
熠熠的眼睛連結到腦與心臟
全由晶體構成
水晶小孩注視彼此的瞳紋
透過光的折射
便能理解對方的思維

而肉體沒有侷限
可以是鬚髯鬌鬌的老人
紅眼的月亮之子
繪著巨鯨的少年
胸口蘊藏寶石的女性
還有燃燒的蟲、雪原的花、哭泣的知更
抑或長角的馬
水晶的顏彩也漾漾繽紛
紅、橙、黃、綠、藍、紫、黑、白……
所有人定的色票沒有名字
只是代號
他們心中從不存在「絕對」

居住水晶山
卻沒有歸屬
旅行在大陸各處
一個個靈魂像溶蝕的滲穴
獨立存在又由暗河串流
眷戀母河
可 Ina 在未能抵達的迢遙之荒
當他們死亡
眼底的水晶會融化
誰都不知道流往哪裡
可能是回家了
也無從知曉
沒人見過水晶小孩的真實樣貌
連他們都會因摧殘
雙眼的晶體磨損致混濁
而失去辨認同族的能力

可他們都一樣
挑食——只吃體質能消化的食物
喜歡礦石——因為自己就是水晶
晶瑩的心——儘管會被耗損，但永遠善良
敏感非常——不要嘗試欺騙，他能感應你的心

他們的任務
是探尋這世界的祕密
用光閃耀
所有受傷削瘦的靈魂
因為治癒，是他們的天職

不要去辨認水晶小孩
如果你猜想
請靜靜守護
他會用誕生自帶的光
照耀你內心
屆時，將會無條件地崇拜
讓你生命飽滿的光

冰霧山

在密語山的町鎮，
有一幢小屋，
屋脊上瓦片鱗鱗，
佇立著一尾風見雞。

當風見雞洞知未來——
經緯傾斜、天地隳頹。
末日將至，當何以自處？
他飛離密語山，
尋覓世界賢哲，
以解其惑。

風見雞向北方玄天飛去——

冰霧山冷岩矗立
滲出的寒氣凝結成霧
往雪穴深處探去
有一潭水恆溫不凍
棲息著大量的燈塔水母
吃了鐘紅色的星子
不老長生
儘管肉眼無法見着個體
仍可看見潭水透出珊瑚色的奇異光輝

「請問，末日將臨，當何以適從？」
潭面的水紋搖曳
靜止後，突然暗下
又零星亮起
是光的沙畫
一艘船平穩地緣航道前行
天空下起了疏疏落落的光雨
頃刻間
驟風閃電，錯落駭人
船隻在風雨中飄搖
才找到一座方形小島可停泊
人們沿岸築起堡壘
遮風擋雨，安逸泰然
忽地漾起一陣漣漪
抹去光沙的筆觸
所有螢紅都熄盞
回歸最初不規則的光

風見雞像明白了什麼：
「謝謝賢哲。」
轉過身，向東飛去——

東海

愛之海

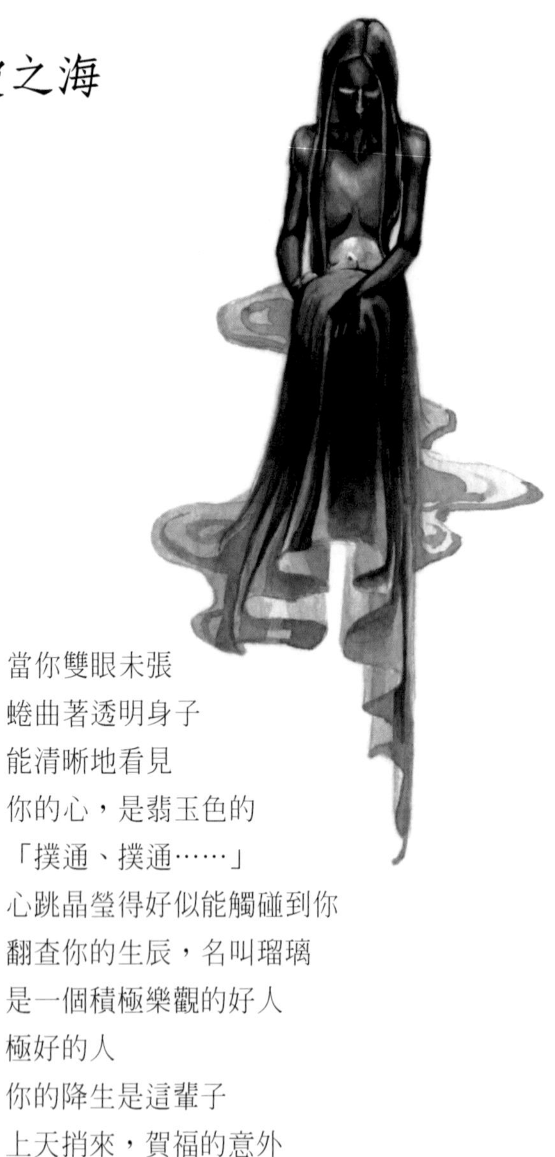

當你雙眼未張
蜷曲著透明身子
能清晰地看見
你的心，是翡玉色的
「撲通、撲通……」
心跳晶瑩得好似能觸碰到你
翻查你的生辰，名叫瑠璃
是一個積極樂觀的好人
極好的人
你的降生是這輩子
上天捎來，賀福的意外

你生來活潑
精神得像睡眠被誰偷走了？
總跌跌撞撞、歇不下來
一個 OK 繃都不及幫你貼上
就又坐不住了
明白你不盡了興就不會回來
所以只偶爾低喚幾聲
仔仔細細地燒一道道飯菜
有你愛的蛋料理、東坡肉與冬瓜排骨湯
等待你
直到如一隻倦鳥戀返

而總不喜歡太精緻的菜餚
你說：「平平凡凡的，最好吃了。」
有時探險得晚了
窗外的月光也一併涼了
炊熱了菜餚
替你抹去嘴角的飯粒
聆聽你急著分享外頭世界的嶄新
靜靜地見你手舞足蹈
再拍撫搖來晃去的腦袋
催你早點睡

明知道你還是會在半夜爬起
到桌前按下鍵，像螢火蟲的光
進入另一個世界
和夥伴討論著我難以理解的話題
也不曾拆穿你

盡力愛著、呵護著你
鼓勵你旅行
熱愛冒險，漸漸獨立
學會如何受傷
學會處理傷口
學會不哭——
不用再追著替你敷藥
而也學會如何傷人，好避免去傷人
經歷了好多、好多
直到斜對角的雜貨店都關了
樓下老太太的黑豆漿也不賣了
你的身軀，逐漸富滿色彩
濃厚得化不開來
瞳孔中透露堅持信仰的神采
喜悅、感動
如一把火拉的瑠璃

當你第一次明白
往昔課文上「蹣跚」的意思
發現，我已經老得
連東坡肉上的黑毛
都拔不乾淨的時候
你回過頭來
想抓住我的手掌，而我
推卻了你
從愕然受傷的眼神中，我明白
你尚未完全學會處理傷口吧？

漸漸地向後退去
光流也將你沖遠
這是你第一次哭
眼淚像童話都化為瑠璃
我怎會不曉得
你最戀舊了呢
在外的風景
總攥著條小被子
那是還在襁褓時給你添的
說上頭有我的味道
不准我洗呢

好了，孩子
媽媽不再嘮叨了
教會你哭
是最後一件事了
當順著光流
抵達以愛為名的大海
記得要自己學會換氣
媽媽沒辦法再教你了
沒辦法再陪伴左右
替你貼 OK 繃了

就讓我收拾一束瑠璃
任身軀漸漸透明吧
這次，我偷了點睡眠給你
孩子，要早點睡
別熬夜了
孩子，我的叨叨絮語
你可有記在心上呢？
我的孩子啊，可別忘啦
別忘了
早點睡呵

日出海

安棲海底
涼冷如我的體溫
以為，已是最合宜的溫度了

直到一次躲不過日出
才愛上
太陽所溫熱的海面

日誌海

你的座位靠窗
我在右後方
每天偷瞄你
靠著牆，後腦勺
上揚的髮絲
午休昏黃，睡醒額面
淺紅的燙金
怕冷的你，掌心縮進袖子
嘴邊呵氣，指尖更加修長

偷偷觀察你
像寫自然日誌
天氣晴，天氣雨
你的眉形睫毛小嘴或潔白的頸線
你的甜蜜憂鬱愜意與一個恍惚的閃神
打瞌睡被老師點起答題，困窘的模樣
壁虎鑽進褲管時，驚惶的模樣
午休時刻偷吃朋儕飯菜，嘴饞的模樣
寫你的素描
一頁、一頁、一頁頁漫成海洋

全糖飲料是你的陽光
幻想是細胞質
你的微笑則是粒線體
是我校園生活的能量工廠
雖然成績很差，但這份日誌
肯定能拿到甲上

結業典禮之前
日誌本寫到最後一頁
老師，還可以再出一份嗎？
觀察你的，寒假作業

模糊海

每次下課，天空總落著雨
你站在傘的右側
而我在左
傘下的空間與世隔絕
雨的壁牆內僅存溼黏的沉默
你將右側的耳機拿下
替我戴上，倆人聽著一副耳機
左邊是雨聲，右邊是億俗的情歌
腳下踩破積雨的跫音
所有的聲音模糊成海洋
始終沒人出聲

下了整個月的雨，我們一直撐傘
沒人敢先開口第一句話
「雨不會停吧？」這麼想著
踩著下一灘水
放慢了腳步

等待海

熊等待春天
桃花等待春天
正丹紙也在等待春天

星星等待黑夜
蝙蝠等待黑夜
作家也在等待黑夜

還是
發票等待顧客
水彩等待暈渲
爸媽等待離家出走的孩子
我們不停地等待，彷彿
等待愛情及救贖的煙花女

等待是一張彩票
中獎的欣喜
銘謝惠顧也不免失落

等待是一座海洋
好多人溺死了
也無法阻止

所有熱愛海洋的人
如一團旅鼠
朝海洋簇擁而上

因此等待
是深情
是深情的海
我們都無法避免在中泅游
因為我們都是深情的人

魚缸海

面著你
我成了豢養在透明水缸的金魚
緋紅著雙頰
「啵、啵……」
開口欲言
又說不出話語
啊啊，視線像水草纏繞我的鰭
游不出你的眼睛

顱中海

愛上你後
我寫不出詩了
因腦海的語言區
已被你侵略
失去了
跟你說話以外的功能

毛毛海

你是一座毛茸茸的海洋
就算過敏的我
還沒學會換氣
也要把頭埋進你的毛毛
深深窒息

夜空海

總想與你一起看海
偏頭痛的你吹不了風
每每作罷

在一個平凡無奇、非朔非望的日子
分隔兩地的我們，不約而同
發現夜
其實就是一座海洋
天空紫紫爍爍
迴旋的風是垂下的濤聲
緩慢漂浮的半月如水母娉婷
細密的星群
是脣邊逸出的泡沫嗎？

相聚太短，別離太長
客船太近，故鄉太遠
趁世人都酣眠
我們同一時刻，平躺
窗前月河流淌的地板
漢白玉的質地冰涼
頓時碎化為兩岸的沙灘
夜是海
恍惚的相逢，靠著海
緊貼你的體溫

思想海

一場思想的洪水灌入屋室
沒頂
水盈滿靜止
像縮陷真空的包裹
我搗嘴掐喉掙旋踢踹
吐出最後的泡沫
飄向窗外
你才趁著一口氣泡的間隙
用灌了鉛的鐘杵
撞破盈室的水
嘩嘩傾瀉
振盪的鐘聲諻諻迴響
終於睜啟雙眼
看見你仍站在屋室之外
不曾入室
其實
可存在只一人的房間

誓言海

我說：

「我愛你，所有十四行詩，

　都明喻著對你的愛。」

你說：

「文學家都是騙子，

　專用妙筆開天花。」

我說：

「你是雷電，穿越我，

　磁通量相等我的愛。」

你說：

「科學家都是騙子，

　通過開曲面即成例外。」

我說：

「我一輩子沒輸過球，

　但輸給了你。」

你說：

「運動家都是騙子，

　拋下輸贏，再起新局。」

為了你，我能成為美術家描摹你的鎖骨
作音樂家彈奏你的神韻
舞蹈家躍動你的心跳
甚至史學家，寫出一本你的春秋
或實業家、劇作家、資本家、美食家……
我將為你專精一切可能的
愛的技藝
因為情感
已如潮汐高漲滿溢
我舉手作誓，坦誠以告：
「對你的愛如洪水氾濫，
　磐石永不爛，滄海永不竭。」
你毫不留情：
「預言家都是騙子，
　在所有讖緯成真之前。」

親愛的，你知道嗎？
我為你孤獨地活了十二億年
只是要見證海洋
未曾枯竭……

瘋狂海

當我飛進火燄
毋須無謂擔心是蛾是死亡
真實的我及人生可笑是如此瘋狂
瘋狂是風在我體內搜颾蔓延
我的瘋狂需要誰的允許
誰能允許我的瘋狂
我的瘋狂憤怒邪慝嫉惡善妒侵犯攻打占領的欲望
七罪宗數之不竭還有無知無視無感無欲無慮的自豪
世上本無一語道盡總結的誑語
你的臉我的臉如此相像你照過鏡子了嗎
若說我沒有你又會相信嗎
氾濫的瘋狂被憤慨善意謊言包裝成了誰渴望的荒謬
哲學家的詭辯商人的單純小孩子的虛偽你又知多少
全放進禮物盒打上粉嫩緞帶塞進潘朵拉的大紅襪子裏
這是虛妄及被害妄想鑿鑿的證據是純潔與善良與聖十
字只是一個夢的顛倒
你你你你你的祂祂祂祂祂都顯得溫馨浪漫又樂觀得可
恥可悲可笑可歌可泣還能叫處女跳一支可愛可憐可人
的祈舞又是誰想看的劇碼
一層紅膜的相反是透明夢遺還扯得不夠嗎
我不會嘲笑你的小說因為精采絕倫如約翰瑪莉亞還是

烏拉諾斯的戀母情節都宛若我的瘋狂而被你允許
我會乖乖聽話戴著鐐銬走進天堂的監獄但唯一要求是
必須純銀製與神匠鍛打的工藝
你喜歡的我嶄新的樣貌我也覺得真美像是一場冬雪中
的妖精被你的粗魯撲撞而亡的厄運還是宿命似乎也不
是那麼難以接受了
當我打開精裝的厚板書皮離開你的小說
貼心幫你把紅線夾在你荒誕而美麗的那頁平扁面容
植入營養的鈣土下佐著酸雨你變得猩紅而滑稽
開成大樹結出一本本白皮書藍皮書紅皮書黃皮書警告
你它是如此輕薄而無可替代地重要
可定義兩個字本就可愛純真又任性如貓與蛇的尾巴
路過魔鏡前一瞥自己被自己嚇到吞噬了自己的故事是
已經陳腐不堪翻頁的古詩集
那裡有傳說最美的詩是後代人怎麼有天賦都跳超不了
的朦朧說辭竟成為一種科普常識是我的是日救星
所有的常識知識見識如此顛覆放肆
事實真實現實已成了無人辯護的冤獄案
三審定讞後拍拍卷宗上的塵埃被你的黑色幽默逗得捧
腹大笑無知與瘋狂好似就能無罪釋放了
如果我的瘋狂沒有罪
為什麼需要你的允許？

東山

肋骨山

向東飛去——

飛翔的羽翼習習而拂
穿越絲薄的雲霧
風見雞反覆思考光晝的意義
堡壘到底固圍了安寧
還是囚困了自由？

向東方變天飛去——

是白骨堆囤的山
九原上趴著一副
巨獸的肋骨
沒有頭骨
是窈窕深邃的入口
風見雞踏了進去
踩著破碎的殘骸
喀吱作響
乾燥的骨似石膏
帶一點粉質
瀰漫死亡的氣味
卻意外地不難聞
像曝曬的沙
沒有一絲潮味

繼續前行
有一顆巨大的顱骨
沒有腦蓋
一隻太攀蛇如結球盤坐其中
「既來至此，有何疑惑？」
太攀蛇的雙眼雖冷徹
卻無一絲凶氣
「請問，末日將臨，當何以適從？」
風見雞被盯視而緊繃起肌肉
太攀蛇的脖子幽幽地動
顱首卻定在原處，嘶嘶吐信：
「萬物皆安止於骨山，
　世界終焉，毀滅如熵即自然之理。」
風見雞微愣
又鬆軟僵硬的頸項
振翅而飛
在太攀蛇的上空盤旋數圈
向其致意
繼續向東飛去——

星星山

今天是聖誕夜
我要裝點一棵樹
為你

一早，前去花市
尋覓一棵人造樹
我不希望
砍去任何生命
只因一日美麗的慶節
而衷心祈願
你能如一株銀樅
堅強地站立寒山
不必成最拔尖的那株
但能經年常綠
容忍凜冽
偶有積雪於枝
一抖擻
便融於大地

把樹扛回家，伸伸筋骨
蹲在地上，包裝、擺設
打上精心挑選的銀色緞帶

盒子裏是一件
大了兩吋的小熊套裝
盼你能快快長大
蹣跚學步
再用尚未厚實的蹼掌
笨拙地撲打生命的希望
還有一盒裝著童話世界
望你擁有知更的歌聲
狐狸的靈動
以及，一頭小鹿的好奇與勇敢
心存夢想，不要那麼快長大
作我永遠的孩子
可是，有太多太多禮物來不及給你呢？
沒關係，我們還有
很多很多聖誕節

微微欠起，布置樹身
先掛上兩只襪子
不用來裝禮物
因為我知道那裝不下的
只期待你能親自走過很長的路
用它呵護你的踝足

經風霜亦能和暖
再點上朵朵雪花
生命裏有冬天
而能欣賞冰晶的輕巧
讓葉尖銜上七粒松毬吧
期待你如它成穗
朱古力似的，醇厚色彩
還能放點糖果杖、橘子軟糖
或瑩瑩亮的金平糖
收進糖罐子
當你覺得苦，就揀一枚出來嚐
再掛一珠胡桃色的水晶球
從哪一面看你
都是圓滿
透明，能納進所有的光
然光影打落
仍映出晶晶煌煌、專屬你的色澤

盤繞完最後的燈飾與銀絲綵帶
將你喚來、抱起
留給你
最高的星星

傳說東方有座星星山，
每逢歲末的夜，
就會綻滿星星。

遙遠山

傳說遙遙遠遠的彼方，
在金燦燦的陽天下，
有一座山，
名喚遙遠山。

山麓與坂道
滿開著異卉奇草
繡球花紺藍
吃了能遇天命之人
一輩子攜手相偕

所見的酢漿草都四葉
偶偶雙雙
不再有落單的瓣

林蔭間有座開心湖
匯流快樂的眼淚而成
清爽香甜，宛若依蘭
是獨角獸最愛喝的水
還有棵飽富光芒的巨大橡樹
吸收夢的紫壤
結出希望的橡實
上頭居住一雙軟蓬蓬的栗鼠
一隻活潑靈敏
在枝椏間蹦跳
沙沙鈴鈴地彈奏音符
另一隻胖胖的
鼓鼓的嘴
總塞著∞型的花生
當合抱的大樹溫柔舉臂
孕植各種蕈類
小小株蜷曲的蕨
依依弱弱
是整座山脈的互利共生

遙遠山印著所有顏彩
沒有正色
青朱黃白黑
只是千萬色中之五
容納所有聲音
不只高亢是好音
爵士女伶中音誘人
老唱盤低聲渾厚
變調是自我風格
在這兒，人們穿喜愛的衣服
有的為悅己者容
有的為悅己而容
也可以剃頭髮，能留長
或者挑食
講想說的話
去哪裡也沒人管
所有的嗜好都受到鼓勵

人類的房子分為五區
整潔嚴謹、庭院茵茵的一區
如經緯織織，井條有序
二區很隨興，牆壁有塗鴉
房子像彈珠錯落街區

三區聚落而居
一幢幢圍起同氏的眷族
特立獨行的四區
房子顛倒、歪斜，有的埋在樹裏
第五區沒有鄰居
適合需要沉澱的人進住

遙遠山的人分為兩類
寫作的人和閱讀的人
孩子不必朝七晚九地上學
每年須讀各型別類的書
語言學、思想學、美學、醫學、
萬象學、數學、心理學、教育學
其他的專業書籍則自由閱讀
孩子每週必須聚在一起
討論關切的主題
輪流上臺
各抒己見
而那兒人們相互尊重
拿捏親疏合適的距離
老人與小孩的瞳孔
都閃耀斑斕

傳說那裡沒有暴風疾雨
只有和煦陽光
沒有肉食動物
盡是鳥語花香
沒有病媒災厄
不知憂慮為何
沒有愛別離苦
全然如意順心

傳說，遙遠山土肥沃、
水無窮、未聞霾害
傳說傳說，
遙遠的山是無瑕、是完美
是渾渾亂世
萬心寄託的樂土

那座山

都市近郊有座山
帶沼氣、挾瘠土、舞毒蜂
專螫哭泣的臉
巨雷殷殷，閃電擊毀豐盈的生命
孩子被告誡不得靠近
都市人談到都皺眉
旅經城市的人一定會看見
不願言及，彷彿脫口即沾染不祥的
那座山

那座山居住著野蠻部落
幽居窠巢，羽鏃狩獵
身披鬣皮，腰佩牙骨
有獸食人，有禽啄木
血跡斑斑，處處狼藉
絕望者會去那座山
找一棵馬瘋木，自此長眠
饑民要孩子去那座山
採集豐紅的果實
瘋狂的地質學家也去那座山
再不曾回來

特定目的除外
人們不願踏足那座山
因那座山不夠冷
生不出極品的茶
那座山不夠熱
育不了迷人的可可豆
那座山不夠高
激不起登山家的熱情
那座山不夠美
得不到旅遊雜誌的評價

那座山是一片廢土
算不出合意的性價比
商人也不願進場

那座山，城居者不屑一顧
連啐一口唾沫都嫌多餘
像閉店的招牌
斷弦的廉價鋼琴
或裂一線縫隙的水盆
一無是處
百無一用

那座山上有座廟
殘殘破破、沒人供奉
難得有落拓的浪人借宿
發現山中棲珍禽、產石榴蜂王乳
地存遺跡泥石版
泰初住民的神殿
蘊藏螺旋礦穴
玄黑的磁場
還有硫磺的水霧氤氳，紓壓解勞
一位浪人揣著風聞與詩吟遊四方
成了遙遠國度
津津樂道的天堂

雲朵山

世上最厲害的糖師傅
傾注善意的心
用棉花糖
捲起一座雲朵山

嗜甜的人們紛紛造訪糖果舖子
蹦蹦跳跳、興奮不已
可一連吃了幾天雲朵糖
大人膩味
小孩的蟲牙蛀得發疼
蓬蓬鬆鬆都乾癟結塊
像浣熊撕下雲朵去搓洗
善意與美好
全溶進水中
向西流去

日界山

在北陸與南陸相交
世界的東方，有一座山
名為日界山
將世界一分為二
月在軸之極北，日在軸之極南
愈往北，夜黯如髮蓄
愈往南，白晝永臨

日界山之陽
光芒豐沛，萬物蓬勃
棲息獨角獸
喜歡在林間嬉戲
開心時，角透出淡綠的光
偶爾跪足於林間空地休憩
據傳，那兒是天狗的相撲場

日界山之陰
晦暗潮溼，具濃霧
沼澤有心
在山間行走
生物的巢都築在樹上
否則將被吞噬

在一次日月閃耀、天地動盪
晝夜朦朧之際
獨角獸不再歡騰
好奇眺望未曾見過的北方月牙
忽然，月中冒出白青色斑點，像雪
朝山陽緩緩撲來
是背著翅翼的馬
闖進森林的空地，一一落足
獨角獸探視徘徊，方才步近
嗅聞對方，未挾帶一絲
紊亂的氣息
螺旋的角也螢螢閃亮
而飛馬隨之斂翅，磨蹭鼻心
在空地踏蹄嬉耍
成了極好極好的朋友

當獨角獸與飛馬樂得
忘卻森林的時間
其餘的飛馬早已歸去
日界山稜線上的樹野蠻竄起
交叉藤錯，成一堵巨大木牆
飛馬意識月牙消失
侷促地來回踱步

蕭蕭咈咈地嘶吠
獨角獸的光芒轉為橘紅
是煩惱與憂愁

倏然一陣風急掃而過
轉瞬
林間空地的大石
一羽天狗趺坐
上頭盤桓一尾鐮鼬
是日界山的使者
時空的精靈
天狗掌日，鐮鼬司月
前者有鴉的黑翅，雙眼赤金
臉如人類，彤紅
有大鼻子
後者形如其名，似鼬、似鼯、
又似兔，四足若鐮，彎猶新月
足間具飛膜，能滑翔
有大耳朵
只有精靈能夠自由
穿梭日界

飛馬喪失月光潤澤
羽翮漸漸枯萎零落
鐮鼬表示，能剖開木牆
讓飛馬返回月牙
天狗說，若牆破開
晝與夜將渾沌一體
世界徒留灰色的天空
而使者亦無能填補缺口
唯有灑上，獨角獸額心
光角的粉末
木牆才能恢復如初
見着飛馬翎羽漸瘠
獨角獸二話不說
請使者斷角，攜飛馬而去
當鐮鼬劃破木牆
飛馬轉頭凝視空地上
滿額鮮血的獸
緊閉雙眼，拍振翅翼
讓螢綠的細末隨風拂上
木牆闔上前，最後一瞬
獸的瞳被血濡溼
流下鮮紅而欣慰的淚

從此，飛馬與獸
再也不曾相見
獸，為了紀念飛馬
丟棄獨角獸這個姓字
以馬為名

龍血山

向東飛去——

死亡真是靈魂的終點？
或只是寧靜的審判？

向東方蒼天飛去——

在東之至極，
有一座山，
滿長如傘如蕈的龍血樹，
故稱龍血山。

一棵巨樹的軸心
包裹碚礧的磐石
是千載的龍血樹
時年自斷其枝
朱紅的血汩汩而出
動物們崇敬地舔舐
可脫駑鈍、開智慧

當風見雞見着樹
尊敬委身
樹中石忽然幻化面貌
看不出什麼生物——
是一張寧穆靜藹的臉

「孩子，
　別愁著臉，
　鬆開
　眉頭罷。」
樹中石說話緩慢
下顎摩擦隆隆作響
「請問，末日將臨，當何以適從？」
風見雞置若罔聞
逕自提出疑問
「不必
　困惑。」
樹中石仍悠悠地說著
「何以不惑？」
風見雞卻稍稍見急
「若能解開，
　便是你的
　煩惱；
　若解不開，
　煩惱，
　自不在你。」
風見雞沉默，逕直凝視

樹中石靜了數秒
望穿他的忿懣
「興衰如環，
　興則升，
　衰則降，
　末日雖來，
　不脫循環。」
風見雞抖擻羽毛
會釋、轉身
改向南行——

遠離的風見雞，
沒聽着樹中石的嘆息。

南海

葉子海

循著葉子的網狀水脈而進，
每一個終點都是一座海洋，
所以世界上有幾片葉子，
就存在多少座海洋。

我是一名蝴蝶商人
總在海洋之間徘徊、駐點
販賣旅行的蒐藏

今日淨賺一縷聖煙、
三罐五色沼氣、一撮息壤，還有
兩束天使的歌聲
當荷包吃飽、存貨告罄
便振振翅膀，重啟旅程

在海洋與山脈間遊蕩
太陽的時間
款款點點地飛
不知終點，像旅行的虹
月光照耀道途
不趕路、要蹁躚起舞
讓鱗粉替夜幕綴上星座
直至曙光自天際洩漏

久未到來花之都
旖旎的日光打落在整座城市
六角光斑映上瞳孔
調整像距，對焦都心
那兒綻著一朵
猢猻樹般壯碩的大王花
一名白皙的少年闔著眼
環抱雙膝，蹲坐花心

湊近發現，眼角勾勒花瓣
睫毛成芯蕊，佩著露仍俏麗
他的淚中有鹽
微鹹的蜜乾涸成晶粉
輕輕地，停落他的睫毛之上
在重量的震顫中，親吻眼瞼
栩栩扇開薄翼，運走悲傷

又在山與山、海和海之間飛翔
停泊葉子的港岸卸貨
將一件件商品
裝入水晶瓶，打上標價
桌上是蝴蝶商人特藏的一罐罐
湛藍岩漿、玫瑰湖水、鈣化草
渾沌怒火和白日夢
而前排的花之淚
新品特賣中

眼淚海

一日病毒來襲，
甘蔗與甜菜絕種，
地表的果樹蔫萎殆盡，
世界不再產糖。

我們邊喫著剩存的糖
你說道法自然、心靜則平
可貯糖的罐子空了
流下的眼淚永遠不會是甜的啊

眼淚被量產為海
曬乾了
世界是一只罐子
裝滿鹽巴

我們都愛喫鹽，無一例外。

腥紅海

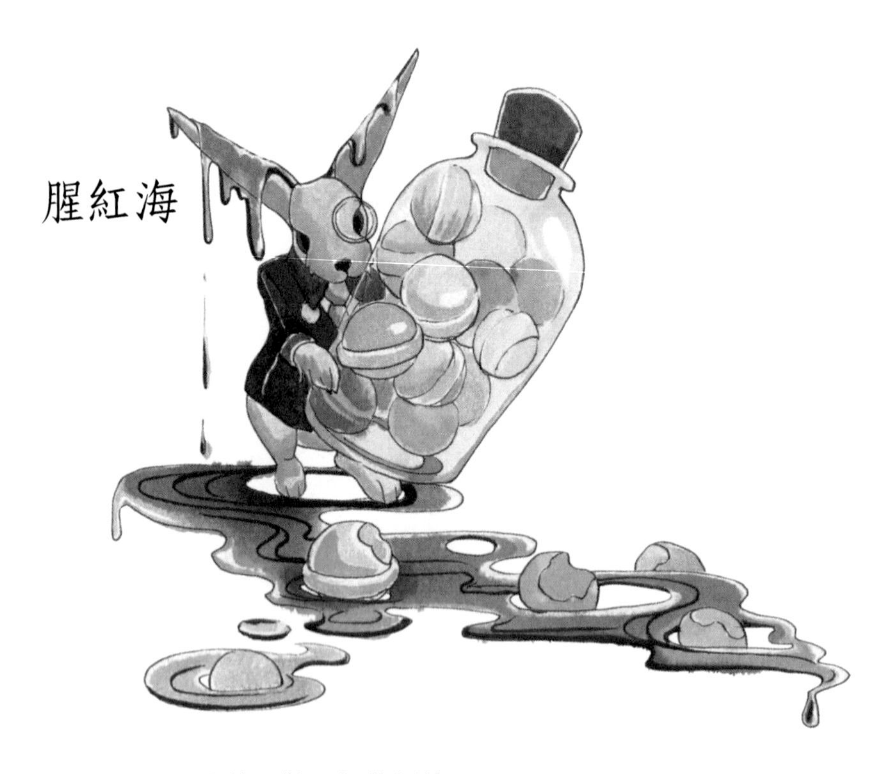

兔子先生身着西裝、打著領結
斜披彩帶、印有號碼
他的耳朵是
一把頎長似鋼筋的剪刀
雙手捧抱等身大的糖果罐
在孩子的夢裏奔跑
他請所有孩童如蟻隊，排排站好
哈腰鞠躬、握手寒暄
一人賞一顆晶閃閃，頭顱大的彩球糖
桃紅、莓藍、萊姆黃
胡椒薄荷、快樂鼠尾草
還是跳跳迅猛龍的口味

趁孩子歡笑喫糖的同時
悄悄將森森映亮的耳朵擱在
第一位孩子的頸項
「喀嚓！」「叩囉嘍嘍。」
數十位孩子的頭如木球滾地
接口處像鑿到井水
噴濺而出
漫成血泊的海洋
兔子先生歪了頭，納悶地說：
「怎麼剪一刀，後面全掉了呢？」
彎腰拾著孩子們的頭顱
大糖罐妨礙作業
也不知該放下
像摟著好多顆彩球喜地歡天
全丟進糖果湯爐
拍拍手上的灰塵
若無其事走入澡堂
沐浴後神清氣爽
戴著禮帽出門，再抱起罐子
踉蹌地跨上門口的小舟
划過腥紅海
渡入孩子們的夢

時鐘海

兔子先生脖子掛的時鐘，
沒有指針，
可以跳進去游泳，
是一座攜帶式的海洋。

人們都討厭發明日晷的人
討厭月曆
討厭一年一年
像十二隻動物趕著投胎

所以人們都喜歡時鐘海
快樂的時候
憂愁的時候
亢奮或焦慮得睡不着的時候
跳進時鐘海
沒有指針就沒有時間像喝醉
醉醺醺暈乎乎
狂歡讓時間過得像鳥飛
肢體不協調的人都能搖擺
像芒草搖擺
像雲朵搖擺

全世界的人都像車子的雨刷
一起搖擺
一起搖擺

搖擺過後
是做愛後的餘韻氤氳
可以像自然鬈的頭髮
蜷著回到胚胎睡覺
睡着眼球不再亂跑
手是輕輕的拳
牙關也鬆了
時鐘沒有指針
可以一直一直
拋棄時間
遺忘時間
世上本就沒有時間

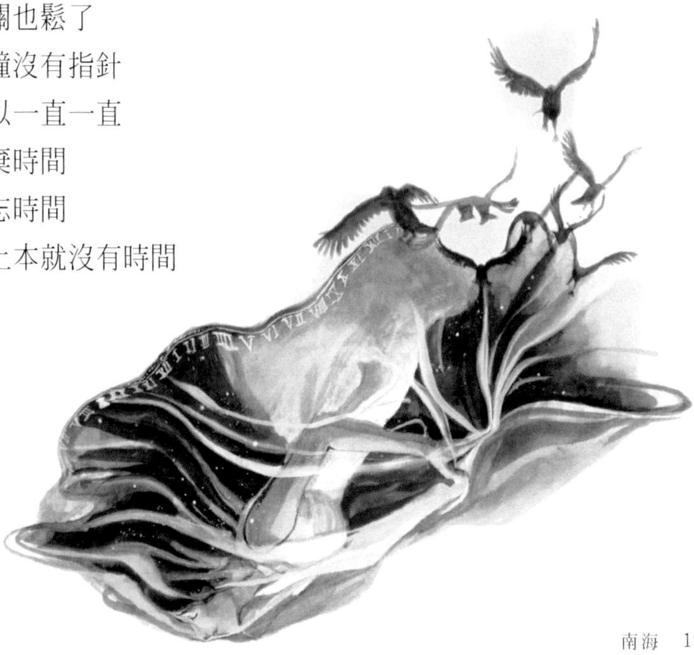

荷葉海

南方有一座海洋，
長年荷葉鋪鋪，
薰風和暖，
故喚荷葉海。

田田荷葉間
有一片特大的葉
上頭築著一間小草屋
是青蛙爺爺與蝌蚪小姐的家
爺爺最喜歡在蔭蔭綠綠的午後
盤坐在葉上
一邊釣魚
一邊打盹
一邊聽著蝌蚪小姐碎碎唸

水獺先生跳進荷葉海
沒看見青蛙爺爺的家
整個翻覆了
水獺先生若無其事，揚尾而去
蝌蚪小姐氣得發抖
大喊水獺將惡有惡報
罪有應得

當水面終於平息
不起波瀾
青蛙爺爺才大大浮起
探出水面
惺忪地叫一聲：
「呱！」

聯想海

你在乎的是鹽之鹹與糖之甜
我則在乎鹽之白和糖之白有何區別
然後你提到霧之白
其實我在乎的是霧之溼濃撲面
你說提到溼就觸碰到雨，以及雨聲
我眼中的是靜止之雨，喜歡
雨點觸地向上飛散的瞬間
你說瞬間會想到雨後的彩虹
繽紛透明，為萬物填色又不奪其形
可我想看的是虹之長
盡頭，在哪兒呢？
於是你說蠟燭與背的影子都長
我喜歡的不是影子或長度，
而是映照背側的反光啊
你說懂了，
潭面的光，你也嚮往
唉，我看見的潭不是面，
是幽綠深邃的祕密
停頓一秒，還想再提及蒼穹和宇宙之奧的你
沉浸在聯想的海洋
樂此不疲

我陷默不語
只左手拈鹽，右手捉糖
扭萬花筒似地看
啊啊，
終於分出
二白的距離

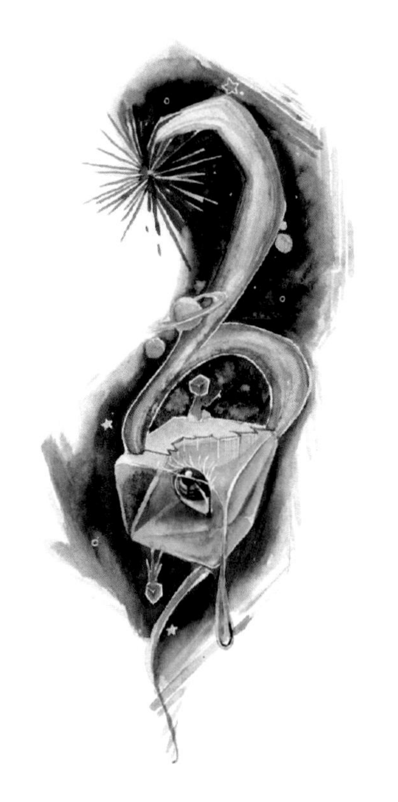

光闇海

世界是一座光的海洋。

我們都活在光芒裏。

當你拒絕吸收紅色
別人眼中
你就是紅色
所有人呈現出的顏色
都是各自厭惡的色彩

因此　色使人安心
　的世界裏
沒有人不得到接納
那裡沒有形狀
沒有美醜
可以盡情展現
可以毫不表態
所有的道路同歸

可我們都喜歡白色
習慣不接納別人的顏色
讓自己看起來純潔
世塵不沾

在光芒的海洋裏
全部人都矛盾卻和諧
在光芒的海洋裏
全部人都病態卻健康
在光芒的海洋裏
如果不選擇一種顏色
就會隱沒　闇
成為一種厭惡卻喜歡的人

情緒海

偶然，一尾飯匙倩飛出
緊咬我的頸項
封抑的情緒漏水
像鑽了許多小孔的保特瓶
怕洩露祕密
才趕緊闔眼
而關不住的情緒真紅，溢成眼瞼
閉唇，長出獠牙
緊縮鼻翼，探出髭鬚
摀住耳朵，體內真空
氣壓無法調節
額面竄起肉色的角

當忍無可忍、痛不欲生
才舒展所有孔洞
擊破瓶頸
所有情緒便應聲傾瀉而下
頓然沖成一片海洋
直至軀殼乾涸如擱淺的鯨
仍不褪一身
獸的模樣

刺刺海

你的心是海膽
寄居珊瑚側，一座刺刺的海
暗潮來襲，邂逅彼此
擔心你不敵寒流
便耗盡一生的溫柔傾囊包覆你
水母的傘像椅釘勾破的紗裙
也很難修縫了

只好默默離開、忍著凍手
萬苦千辛、鱗鱗密密
心裁的紗裙
不能再給你了
我也會冷、會疼的啊
在這滿刺的海裏
每個人都將受傷

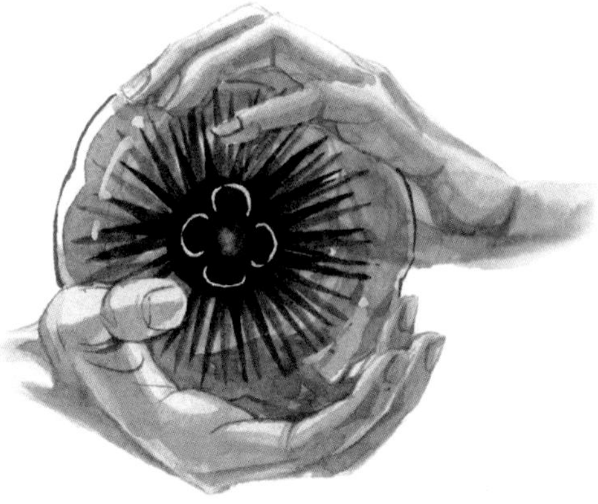

晶花海

分明看見了——

從你咬裂的脣
抓破的手臂
透明的海滲透出來
蔓延、璀璨
乾涸成花朵
我如遇鬼魅似地逃
不斷地逃
直到你的身軀
開成一片豔紅的水晶花海

為什麼故事的最初
我會假裝沒看見呢？

刀礫海

南方有一座海，
被十一顆太陽曬乾，
僅存一片礫漠，
石礫如刀、窒礙難行，
人稱刀礫海。

刀礫海之心，
有一枚象大的星砂，
採集它的光芒，
可治怯懦之病。

有一隻小暴龍
想征服刀礫海
證明勇敢的心

他賴著皮厚
毫無思慮
涉入刀礫海
掌被劃出一道道見骨的口子
「唰——」
嗜血蝙蝠神經質亂舞
兀鷹立於枯枝覬覦
往下一望

滿山谷恐龍屍骸
蛆蟲蠕動，被毒蠍刺破囓食
小暴龍呆立原地、失去血色
片刻後，才落荒而逃

躲在洞穴
以爪環抱身軀
在臂膀抓出血痕
無法遏制地顫抖
裂痛的傷口映出
腦中滿是腥臭的影像
前所未有地
感到恐懼，才明白
何謂死亡的巨大

他仍想攻克這座海
但第二次、第三次、
第四次，小暴龍都在岸邊
思慮良多，不敢前行
每每退卻

不斷觀察地形
研究如何避免刀礫之傷
當他再次踏上旅途

倚靠步伐的靈敏、地形的熟悉
小暴龍總算穿越海洋
看見了傳說中
勇氣的星砂
卻也發現
星砂四周，是無盡深淵
峭壁竄出一隻隻關節噴冒黑霧的蠍蟲
比他的身形大上數十倍
整座淵藪不斷漲出
濃厚駭人、紫青色的瘴癘之氣

小暴龍又逃跑了
彷彿照見鏡子
看清已身是何等渺小
明白那座深淵是永生
無法抵達的彼端

失落的他，垂曳著尾巴
回到了恐龍小鎮
發現經過多年的鍛鍊
竟比身邊多數的恐龍要堅韌
有更小的暴龍找他挑戰
尾巴輕輕一甩便高下立判

小暴龍終於曉得
在龐大的危險前
畏懼、俯首
才是真正的勇氣

月生海

祕密的夜
從沒人看見
在意識晃蕩間
明月生離了海洋
或觀海湯湯
或賞月皎皎
或凝視海中月漂漂揚揚
秋水都隨之朦朧
月的裏側
迷漾著溶溶潤潤的海
掬起，像水彩暈開
擴染得不可思議
能夠直視的太陽

亙古恆今，也有人看見嗎？
月裏的海
也有誰與我一起憧憬嗎？
天涯的人
如果不存在呢？
共度的此時
覆去燭火、輕披單衣
用幽靜的步伐，徐徐
浸入月之海
不再上岸

南山

女夷山

向南飛去——

若杞人不憂天
何來綢繆於未雨？
若萬象僅是循環
又怎能正觀善惡？

向南方炎天飛去——

南方有一山，
奇卉如織、百花爭放，
居住花精，
和司掌花卉的女神，
名曰女夷，
故稱女夷山。

穿過彎月碧玉藤的門簾
有的花精正在用粉撲花化妝
有的在貝母花瓣下棋
有的舉起曼陀羅
吹奏天使的號角
喚醒即將展翅的蜓蛾蝶蜂
飛飛款款
傳遞花信

當風見雞抵達花都之心
一位赤裸白皙的少年
懸空蹲坐在壯碩的大王花之上
當風見雞想喚醒他
大王花下的泥土攢動
竄出一條條藤蔓
將風見雞包裹如結球植物
「聽得見我的聲音嗎？」
一道輕柔女音
自風見雞的耳膜中鳴起
「請問您是女夷嗎？」
「我就是。」
「請問您在哪裡？」
「請你闔上眼瞼——
　肉體的眼瞼阻絕光明和黑闇；
　第二層眼瞼在視網膜之後，
　阻絕黑闇和靈魂。
　你必須關閉它，
　才能見得我的身影。」
風見雞嘗試控制視神經
將眼瞼雙雙關閉
風中瀰漾起松果的香氣

女夷的身影瞬地浮現
是絕美女子
「請問，末日將臨，當何以適從？」
盯著風見雞認真的眼窩——
那裏沒有瞳孔、一片漆黑
「不必思考。」
風見雞蹙起眉心
「何以不思考？」
相對他的緊繃
女夷掩嘴輕輕笑了出來
「我們花兒，
　附着於大地上，
　汲取營養如木耳寄生，
　一生惟求已身之美。
　眾生啊，
　也是一樣的，
　不必思考，
　就如你的頭蝨，
　即便思考，亦無法左右
　你所追求的事物。
　大地有自身的嚮往，
　絕不被你影響。

　因此，
　不必思考，
　只需在大地汲取養分，
　開出最美的花兒，
　當生命走到盡頭，
　你會悟道——
　所有靈魂都在追求美，
　美將是萬路只一的依歸。」
女夷纖手一揮
銀合歡、桃金孃、穗花薰衣草
花香是跳躍著的百斑斕
撫進風見雞的肌膚
神經漸漸張弛
失去了意識

當風見雞甦醒
眼前只有大王花與少年
以及淡淡的松果香
沒再多說什麼
晃晃腦袋
頃刻間，起了一陣風
張翅乘御
向西飛去——

南邊有一山，名喚繭蛹山
山上長滿幢幢矗直的樓
樓內一格一格如蜂巢經緯
人們各白蠶居其中
緩緩吐絲、糾纏肉軀
製造自己的天地與確幸
至死絲方盡
勾嘴醫生身着素樸麻衫
飄散蠟味
用黑檀木杖一一敲叩
確認格內的繭
機能不得過盛
又病不致死

命運變成商品鎖在格子裏
每格人都寂寞地等待誰來
剝繭縲絲

繭蛹山沒有雲雨
梢上的蕾
沒有盛開的可能
只有閃電會出現
聳立的樓設備良好
有避雷針與消音器，乾打雷
一聲不響
而風中帶沙，乾燥銳利
劃過臉龐都會出血
所以人們才自願鎖在格子
安居樂業嗎？

直至那日
一名春神自東方而來
右手灑落一把輕盈的雨
左手綻射柔軟的光香
髮鬢攀藤蔓，裙裾起微風
足掌輕覆之地都探出青草
一朵朵生命隨之盛開

細細柔柔地
剪開格子間如紡錘空懸
未能破繭的蠶
拾起春雨後跌落枝椏
不及盛開的蕾
撫摸風暴中飄飄搖搖
無法掙脫的宿命
輕輕地
坦展死握的執着
讓他們在風中羽化、水中綻放
在安詳闔眼的午後得到救贖

春神帶來了新氣象
一一拂去纏蒙眼瞳的絲
他們逐漸睜開雙眼
看見格子以外的世界
直到，春神離開之前。

千古之後，春神又成了謎樣的傳說。

荒謬山

南方有一山，
名喚荒謬山，
那兒住著各綱各目的動物。

世界上分兩大類動物：
大腦發達的，猿猴、大象、馬
大腦不發達的，蜥蜴、火雞、狐獴
他們都是一樣值得被愛
平等的動物

他們要推派一尊王
作萬獸之首
猴投給了象：
「象穩重強健，
　明辨世理，
　擁有大知惠。」
象投給馬：
「馬靈動善感，
　推己及人，
　共鳴萬獸之心。」
馬則投給了猴：
「猴族聰慧能幹，
　可想方設法、制定科律，
　是治世之材。」

蜥蜴、火雞、狐獴、
青蛙、鯉魚、螞蟻……
全投給了獅子：
「獅子的鬃毛體面、四肢有力，
　令人懾服。」

由於猴、象、馬族都生得少，
票數遠敗於獅子，
於是獅子被推舉為萬獸國酋長。

四

萬獸國的酋長是一頭獅子
萬獸之王，眾所欽佩
酋長說：「萬獸皆平等。」
部落的狼嘴饞
吃了羊媽媽的七個小孩
綿羊老淚縱橫：
「酋長，
　您要為我作主。」
酋長問狼：
「你為什麼要吃羊媽媽的小孩？」
狼面著獅子，眼眶噙滿淚水：
「酋長，再不進食，
　我就要餓死啦！」
酋長說：
「說得有理，
　要尊重每一種獸，
　都有食肉和茹素的權利。
　羊媽媽，你太自私了，
　怎能因為你不食肉，
　就說食肉者犯罪呢？
　吃草可是你自己選的啊！
　狼勝訴。」

羊媽媽與狼心悅誠服：
「酋長英明！」

ꙮ

有一天
渡渡鳥蹲在河邊
被一隻鬣狗咬死
酋長請教善良的白鹿司祭，回答：
「渡渡鳥已瀕臨絕種，
　我們應該保護他。
　鬣狗是多麼不道德啊。」
獅子酋長說：
「說得有理，
　現在起萬物不得獵食渡渡鳥，
　違者處死。」

有一天
雉雞爸爸被黃鼠狼吃掉
雉雞媽媽提出抗議
善良的白鹿平和又和平地說：
「雉雞的族系龐大，
　而黃鼠狼也是迫不得已：
　抗議駁回！」

獼猴、狒狒、大猩猩是極好的朋友。

那天大猩猩看到
獼猴被花豹狩獵
慘叫絕倫、殘忍至極
大猩猩悲慟不已
並決定從此只喫花啖果
不再食肉
並在靈長類聯盟中提出
同胞應珍愛生命、全體茹素

那天大猩猩看到
狒狒正在吃一隻豬幼崽
並提出申訴
當聯盟質問，狒狒答道：
「我吃的是豬的孩子，
　你們吃的是果樹的孩子，
　他們都是等價的生命啊。」
大猩猩拍桌怒吼：
「豈有此理！
　你難道沒有一點同理心嗎？」

大猩猩和狒狒從此勢不兩立。

ᗩᗩ

貓咪戰士和老虎勇士
受獅子酋長之託
協力獵殺了一隻大水牛
酋長分配：
「你們各拿五公斤的肉。」
老虎不服：
「我出的力比較多啊，
　我應該分多一點。」
獅子笑得和藹
鬃毛都金黃發亮：
「能者多勞啊，
　何況你也在狩獵中磨練了技術，
　竟然還跟一隻貓計較，
　你的度量可真小。」
貓咪躲到獅子背後仗勢叫囂：
「對嘛！對嘛！喵～」

ᗩᗩ

貓咪戰士和老虎勇士同受命為師團長，
老虎仍厭惡著貓。

老虎統御數族軍隊
麾下人才濟濟
善奔的鴯鶓傳遞情報
善守的犰狳抵禦外患
善攻的鱷成功咬死敵人

虎師團長將所有功勞都歸給鱷
對鴯鶓與犰狳說：
「沒有鱷，
　情報與防守毫無意義。」

於是鴯鶓與犰狳離開了軍隊。

當獅子年邁
耳力開始退化
山魈忠心上奏：
「我的王啊，
　請您聽聽萬獸的聲音。」
獅子聽不清
只見張牙舞爪的模樣
山魈被獅子咬死了。

失聰的獅子
已聽不進任何言語
鴟鴞顫抖著秉笏直諫：
「我的王啊，
　現在回頭還不遲。
　真正的王者，
　承認錯誤不顯卑微。」
鴟鴞被獅子咬死了。

⛰

很久很久以前
萬獸乍到荒謬山
時值冬日
草莽離離
獅子酋長分配資源：
臭鼬有一叢草
樹懶有一棵樹
熊有一處洞穴
老虎有一座森林
獅子有一片草原
鷹隼則有一整個天空

酋長說：
「從此刻起，
　為了部落的和平，
　不准侵犯他人領土，
　嚴禁發起戰爭。」
各族兢兢業業
相安無事

有一天
臭鼬弟弟被老鷹叼走了
臭鼬爸爸提出抗議：
「酋長，老鷹跑來臭鼬的領地，
　捉走我的孩子啊！」
獅子說：
「天空是老鷹的地盤，
　老鷹並無踰矩，
　你應該管好你的孩子。」
臭鼬：「酋長所言甚是。」

樹懶姊姊睡昏了
從樹上掉了下來
被老虎吃掉了
樹懶媽媽慢吞吞地對兒子說：

「你看，
　姊姊、就是、不、聽話，
　跑到、老虎的、領土，
　所以、被、吃掉、啦。」

春天來了
熊從漫長的冬眠中甦醒
他走出洞穴，準備獵食
獅子卻阻止了熊：
「這兒可是我的領土，
　你的領土只有洞穴。」
熊蹙起眉頭：
「先前我還在冬眠哪！
　現在不出洞穴我會餓死的。」
兩隻獸爭執不休
一氣之下
熊扒了獅子一爪傷口
酋長向萬獸宣告：
「子民哪，
　熊挑起了一場戰爭，
　你們看看我的傷，
　為了守護萬獸的和平，
　我們必須討伐熊！」

於是，熊成了魔鬼
老虎派出最驍勇的戰士
鷹隼在天空盤旋觀戰
樹懶與臭鼬集體聲援
還有毒蛇、鍬形蟲與巨鱷也參戰

自此以後，
荒謬山便再也沒有熊。

土狗山

南方有一山，
被土狗族佔據，
面容與四肢似狗，
卻兩足而行，
戴著奇色異彩的面具，
故曰土狗山。

未成年的土狗不戴面具
他們的成年禮是
斬斷自己的尾巴
代表勇敢

族長將蝶豆與屍花搗碎
混合斷尾的血，製成顏彩
繪製與族人相同的面具
符紋精緻
神聖象徵
戴上後
看不見情緒
難過的時候
不再耷拉著尾巴
因為他們已征服勇敢
成熟不惑

土狗族的共通目標——「侍奉公主」
公主玉指一擡、眉梢一動
再怎麼困難
剝削、壓榨、侵略、擾殺
不擇手段
使命必達
儘管傷痕累累
戰鬥得累了
他們堅信
一生就得崇尚勇敢

一日吟遊詩人懷著故事
旅經土狗山
公主欣羨不已
便指使土狗們
尋覓傳說中的寶貝：
南方峭壁下，星砂的光芒
北方燄海中，火蟬的結晶
西方千湖裏，人魚的耳鰭
東方荒土邊，血樹的斷枝
以及天空的天空上，彩鷹蛋
五色繽紛，絢麗芒繞

土狗們成匹結隊
各奔彼方
有的尋得寶藏
號角傳擲，風光榮歸
勳升三階，備受族人景仰
有的慘死殉難
家人驕傲昂首
光榮領取旌忠狀
有的將贗品錯以為真
被公主降階、處死
屍體遍尋不着

也有的逃跑了——
原來北方也有土狗族
那兒的狗沒有面具
沒有階級
沒有必須奉為圭臬的信仰
他融入北方的族人
與一隻平凡的土狗一起
生了窩胖墩墩的小娃兒
他的孩子
全都有尾巴

萬象山

球上站著象
象上站著象
象上站著象群
象群上站著象群
象群上站著象
象上站著象
象的鼻尖上是我
右腳後勾
只只一隻左足尖踮
眼微闔，挾著微笑
雙手捧著你的足踝
輕貼我右側面頰
想像你足底
肌理分泌的微汗

你一個轉身
我失去平衡
從象的鼻尖，跌落
象從象上跌落
象從象群上跌落
象群從象群上跌落
象群從象上跌落
象從象上跌落
象從球上跌落
我
摔在一顆球
以及一群象上
眼仍微闔
挾著淡淡的笑

頭髮山

往南方海洋航去，
有一座黑色孤島，
名曰頭髮山。

這裡本來沒有山。

你說喜歡烏黑的長髮
我為你蓄了
你說喜歡端莊的女子
我不罵髒話了
你說你
喜歡我的櫻桃小嘴
所以

只要有好幾張嘴
你就會愛我好幾倍吧？
我的後頸有嘴
脛骨有嘴
掌心也長出了嘴
你看到我有這麼多張嘴
卻嚇得逃了

忽然發現
我的頭髮有了覺知
他們有意識
會跟我對話
跟我身上的每一張嘴對話
跟我的不安對話
跟徬徨對話
跟空虛對話
跟我心中的愛，也能對話
因為你
就是我的愛
所以我要
讓你也跟他們對話

我的頭髮們蠢蠢欲動
一撮髮絲綑綁你的手
一撮是脖子
一撮環繞心臟
一撮緊縛你的自由
最後一撮
與你的頭髮相互糾纏
這樣我們
就是一輩子的結髮了

我的頭髮
一直一直長出來長得好長好長
愛不需要山盟海誓，因為我
就是一座山

疏影山

向西飛去——

風見雞感到莫名地療癒
卻又不大諒解
世界將滅
彷見嬰孩落井
文風不動
真是正確的嗎？

向西方朱天飛去——

有一座山，
天空鳥瞰，
一目瞭然，
因為樹一片光禿，
全沒有葉子。
當陽光打落，
大地上布滿稀疏的影子，
故稱疏影山。

遠遠一看
全是銀樅色的大地
有一處嫩嫩白白
當風見雞飛近

是巨大的鹿
跪坐一棵枯樹旁
毛呈紅棕色
遍體開滿白梅之紋
頭角崢嶸，粗幹細枝
眼神柔軟，吐息生香
風見雞向其委身
「請問，末日將臨，當何以適從？」
鹿踢了踢蹄子
喀喀地走到風見雞面前
「若欲奔逃便奔逃，
　若欲抵禦便抵禦，
　若欲遊說便遊說，
　若欲攻訐便攻訐，
　相信便相信，
　否定便否定，
　興自興，衰自衰，
　生自生，滅自滅，
　正觀本性自然，
　一切順應而已。」
風見雞頷首致禮
鹿嚶嚶呦呦地昂首長鳴

繼續向西飛去——

背身之瞬，
整山的枯枝與鹿角，
滿綻粉白之梅。

西海

熱鬧海

鬧街的人潮，
襲捲耳廓的是
無限濤聲。

每個人的心底都有一座海
波浪洶湧，撲打岸礁
是現實的出口
走在滔滔的鬧區
你也將聽見
海浪們相擁的聲音

紙漿海

當理好妝容
站在舞臺中央
一道光打在面龐
能清晰地看見影子，以及
我的形狀
第二道打下
兩張影子和我鼎立
一淡一深
是三個模樣
突然「啪」地一響
無數支光箭貫穿軸身
萬眾矚目
所有的旋轉都被看見
腳下全是光
嶄白如紙漿的海洋
失去了影子以及
我的形狀

成長海

趁著工作的空檔，趴在陽臺
點一支菸
深吸一口，徐徐地
吐出一座燻色海洋
海裏迷幻著遙遠的傲慢與輕狂的夢想
曾在被子裏許諾
「絕不變成那樣的大人。」
我們卻成了一群鯉魚
混在群眾之中
尾隨方向感極好、領頭的魚群
奮力前游
在通往成長海的谿徑
身旁的夥伴一個個咬牙登瀑
有的墜落、有的化龍
卻沒有一個不遍體鱗傷
只能紅著雙眼、怯懦得顫抖

於是
我們都未能避免，也無力抵抗
在大人所污染的海洋
同化成一個令自己後悔的大人

身在異變的群體中
無法成為洞知的賢哲、恣性的詩人
或是，深不可測的謀略家
自己又算什麼？
還是跟著身旁的大人一起
嘲笑懷抱夢想的小魚？
有一天照鏡子
對著陌生的自己提出疑問：
「我原本是長這個樣子嗎？」

然後，大人開始用
「人和人的價值觀，本就不同。」作為理由
讓畸形各種醜陋模樣
符合大人期待的我們
心舒意坦，接受變形的樣貌
每當與人紛爭，便自我催眠：
「啊啊，因為我們是不同的個體嘛，
　但我就是我，必須作自己。」
拒絕與他人交流的機會
這樣的自己，雖非一事無成
卻逐漸變得頑固，回憶幼時的美好
「我那年代的音樂才叫經典。」
如此對晚輩說著。

開始覺得小魚的一切不吻合期待
卻也真心為他好
蛻化成和小魚對立
兀自痛苦的大人
可是可是
即便是這樣不堪的我們
也是在成長海中溺水
拚命掙扎成這樣的大人哪……

「自己原本該是什麼樣子呢？」
沒有人回答。
「後悔真是可恥的嗎？」
沒有人回答。
「徬徨地成為這樣子的我，
　是不是也算一種自我風格呢？」
始終沒有人為我解答。
當吐出的菸幕消散後
似乎還是沒找到正確答案
只能繼續工作
等下一次空檔
再抽一支菸

鐵球海

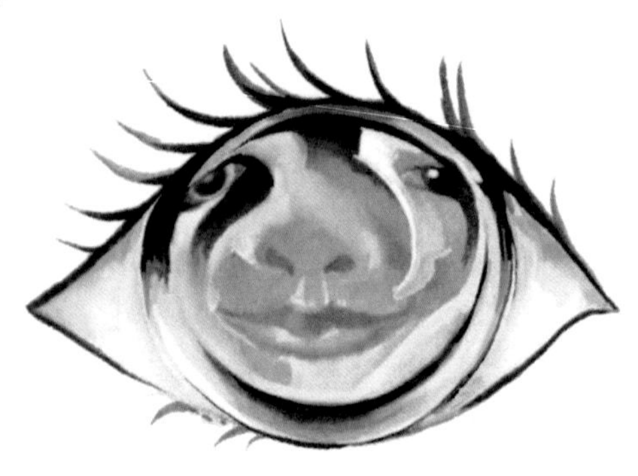

不經意瞥過你的眼睛
諦察發現
瞳孔是一顆鐵球，堅定不摧
自覺圓滿，是映照萬物的海

在你的世界
我的腿和頭等長

鈕子海

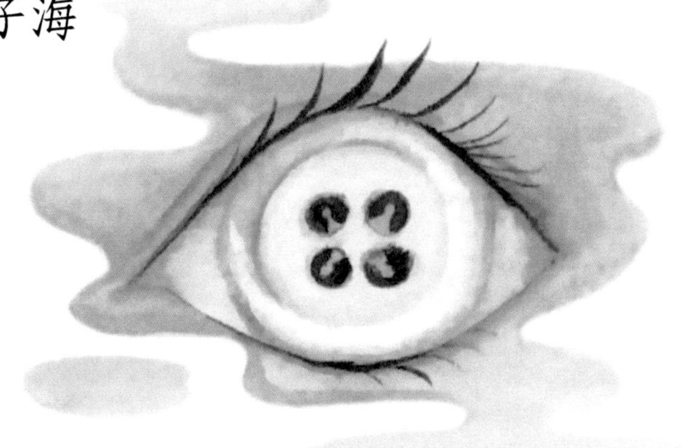

一個小孩飛快地奔跑
穿越你我之間
各退了半步
一枚鈕子落地
像失控的飛碟，搖擺而停
我輕輕捏起
有點透明、卻又混濁
看來十分廉價的塑膠鈕子
對準瞳孔，透著它看你
不明所以，直說我
無聊，轉身前行

鈕子上鑿著四個洞
看出去，是四座海洋
四個你

緊張海

我喜歡所有的勝負。

球場的 deuce
接力時鐵棒打手的一瞬痛楚
或是評審張嘴宣布分數的剎那
人類的表情
像洗衣機裏的襯衫糾結難纏
所以才說你們哪
都是享樂的受虐狂、上癮的毒蟲
深陷緊張的海裏憋氣
僵硬的臉成了發情的狒狒
心跳像電解質紊亂的白鼠

熱帶魚潛入兩百公尺下
亟需換氣的肺快爆裂
氣喘吁吁，活像個變態
所有人都溺著水高潮
游泳的肢體一點都不美妙
啊啊，我果然還是喜歡仰式

偶爾耽溺在緊張的海，窒息的快感
想休息，翻過身來懷抱貝殼
像一隻海獺用尾巴打水
優哉游哉
再淘氣地在緊張海上
戳破汽球似地

「砰！」

讓你嚇一跳
發出咯咯的笑

舌苔海

每每清醒
舌上都堆囤千萬的業
拚命洗刷卻
吐出一座黧黑海洋

玻璃海

同久未逢面的友人餐敘
當一個失焦，你深刻預感將是
和他的最後一餐
忽然玻璃的桌擴張成海洋
從此，是彼岸的人

信息海

東風拂來春汛的信息
棕葉狗尾折出風颱的信息
楓葉暗示枯寂的信息
世界無處不充滿信息
關於時間遞嬗
關於空間換移
關於功課
關於善惡
關於生老病死
關於貪嗔癡
關於愛

古早的信息寫在紙
戳印封在蠟
萬苦千辛地飛
飛到遠方愛人的掌心
像孩子對玩具地珍惜

現代的信息寫在程式碼
簡單按幾個鍵
就能輸出惦念的心
簡單得好似
信息變得不再上心
不再深切
不再如餐敘晤談的親暱

在這片信息的海洋
沒有信息是多餘
所有投遞都具備意義
靈魂的衡量者啊
閒置寄件人步驟的繁瑣
放上天秤的是
信息收件人
心的厚薄

碎片海

你拋問一個我愛你的理由
如棒球鑿穿玻璃
碎成了一地海洋
你咄咄追問我的碎片
每一片為何各自閃爍漾漾的眼光
給不出滿意的答案
我啞口無言，默默
彎腰撿拾碎片
想像原本的形狀，又逐一
憑空拼上雕刻的窗緣
還沒收拾乾淨
你已換了幾支球隊
背號嶄新
我仍佇立原地
稜稜銳銳的碎片才新拼好
沒人理解的藝術畫

當時間的階梯愈發高疊
遠觀那時，才從朦朧中看清
整扇大窗未碎以前
是你靜睡的姿態
可愛的模樣

汽水海

倒了一杯子的愛
以為就這麼滿溢了
當微粒懸浮、汽泡消融
才驚覺
我其實沒那麼愛你

數字海

人，因為一個人寂寞
所以崇尚偶數
一雙愛侶、水火不容、紅白大戰
貌似公平穩妥、陰陽調和
時間久了
卻像一對燉爛的雞肋骨
食之無味，棄不足惜

於是
小三與小王攜手登場
水火的關係沒那麼簡單
太陽和月亮，一顆恆星、一顆衛星
到底什麼陰陽，對等的關係？
我們只好轉而崇拜
兩種色彩之外的可能
是純潔的力量、新時代的正義

我們以為
可以像三國鼎立
英雄匹敵、精采交鋒
而詩詞小說慣用三復
是什麼不可告人的潛規則？

然後見道、知道、又悟了什麼大道理
水熄火、火融冰、冰結水
或疫苗防治病毒、病毒吞噬資料、資料無感於疫苗
還是什麼比喻失真，紅燈停、綠燈行、黃燈自由心證
像風扇的三葉，或誰設計的環保標誌
彼此追逐、完美的循環

有誰去探討嗎？
魏、蜀、吳較真那麼多年
轉眼就被晉給搶頭篡位撿尾刀
小三退潮，四角戀當道
塔羅牌地水火風
遊戲的最終 Boss
總是四大天王
可是，人們不會饜足
木火土金水與五芒星的祕密
666 秀一波惡魔的呢喃
紅橙黃綠藍靛紫轉吧七彩霓虹燈
乾兌離震巽坎艮坤，你關心嗎？八卦是誰的牽掛
還有十二星次、二十四花信、愛情三十六計
地煞與所羅門七十二柱神被當塑膠一起氣噗噗
別管什麼一百〇八條好漢了
你聽過 111 人力銀行嗎？

神祕的觸角不斷增生
蔓爬各地，無遠弗屆
百家諸子也啾啾爭鳴
孟子舌戰群儒
安麗民主思想
人民就是國王哦，**ㄎㄎ**
擡轎的吶喊：「這是大逃殺。」
「3.2.1......Game start! 」
見一個殺一個，婷婷不累不要停
那個雲那個霧裏撲朔迷離
璩美鳳、Makiyo、阿基師、阿帕契
還有什麼彎彎的九把刀
你說你無罪？
咚麥！先認真的就輸了
一千〇一夜後，國王殺累了
成了佳話美譚。
源遠流長
這些故事誰還記得？
反正過期的年代已久遠
乏人問津
也歷不可考

天又亮了

一日之計在於晨

還是可以標一張新的賞味期限

戴一副雷朋墨鏡

喝一杯小確幸

去一間誠品生活館（或者你偏愛無印良品）

買一本寂寞記事簿

走一身簡約風

所有故事，從頭開始

西山

白玉山

向西飛去——

若順應不只是順應
循環迴旋成鐘螺
命運，似乎也化為柔軟

向西方顥天飛去——

西方有一山，
吞吐湖、風成湖、堰塞湖，
星羅上千小湖；
火山島、沖積島、珊瑚島，
棋布上千小島。
色如白玉，
故稱白玉山。

這兒的湖澤有千萬種口味
甜的西瓜汁、鹹的醬油
苦的芥菜湯、酸的白肉鍋
還有鮮的、銹的、受潮的、油耗的
在所有好口味的湖泊中
有一口澤沒有味道
喝下去能滌淨臭味，通體舒暢
當飛行至此，斂羽而立

頃刻間湖澤剖開
是邀請的訊息
風見雞也隨之而進

當水面縫合
一角鯨從遠處划來
邀請風見雞騎上
帶他游歷無味的湖澤
這兒的居民是白髮的人魚
有珍珠田、海星房子
有水中花、珊瑚豎琴
色豔琳瑯，目不暇接
「這兒很美吧？」
一角鯨突然說話
風見雞愣而未答，兀自發問：
「請問，末日將臨，當何以適從？」
身下的一角鯨迴旋兩圈
引起小小的水龍捲
顯得志滿躊躇
「即便世界動盪，
　這兒仍然豐饒，
　又何必有所作為？」

風見雞不解，飛離他的背
「能者若不挺身，
　豈非失責？」
一角鯨搖搖頭
「這是一種自大啊。
　究竟何謂能者？
　生物薄弱，
　而大地的力量豐腴，
　憑我們是改變不了世界的，
　不如偏安一角，
　及時行樂吧。」
風見雞以眼神致意
「若想來，
　這裡隨時歡迎你呀。」
一角鯨指劃出一條筆直的道路
風見雞頭也不回
侘傺地飛離此地

出了湖澤的風見雞
腦中像水洗地空白
但深曉仍未得到解答
振振翅膀
改以北行——

樂園山

每個孩子都嚮往樂園。

「歡迎來到樂園山，這裡
　是孩子們的魔幻天堂！」
一位化著誇張妝容的小丑叔叔如此說著

黑色的脣像大眼魚需要氧氣
滔滔不絕，亂墜天花
手挽遊客，腳踢豪邁正步
頭頂鮮紅的爆炸鬈髮
像皇家禁衛軍
巡邏整個星色樂園

上了一匹希望的旋轉木馬
環繞宇宙的舞臺
坐收 360° 的風景
樂此不疲
卻忘了世界是球體
轉來、轉去，希望始終
沒轉出這只八音盒子

上了一艘夢想的海盜船
孩子是船長，在瞭望臺遠矚
目標明確、指引遠方
水手在甲板未曾擡頭，不見海天
船長的錨已落
水手的帆不搭
風雨暴嵐將至
舵盤無人司掌

南針的尖端如上帝之杖
指出一道光
船長耗盡全力仍挽不回狂瀾
夢想只好來回擺盪，幅度
漸擺漸弱

上了一臺以愛為名的雲霄飛車
螺旋、波狀、斷軌
驚懼、怯懦、尖叫
嘔吐物在空中噴濺劃成彩虹
排隊的眼睛都閃閃發光
雙手在胸口拳握，躍躍欲試
車上的孩子掙脫不了命運的禁錮
衝進雲霄
被迫才看見整座世界
燈火無被及之處
完整的美麗與醜陋

每個孩子都嚮往樂園
樂園山是孩子們的魔幻天堂
你有好奇心嗎？
那是承載所有路途、通往無限的
唯一入場券

昏睡山

西方有一地，
棲息大量的催催蠅，
無人敢靠近。

傳說被催催蠅叮到
會得昏睡症
像吃了安眠藥
酣然入夢
所以失眠的人都聚集過來
失戀的人都聚集過來

失意的人、失語的人、
失格的人類全都匯聚過來
一塊昏睡，相互取暖
攀附坐臥，堆疊如山
只因身在多數
使人心安

於是人們盛傳
這兒是失眠者樂園
昏睡的山

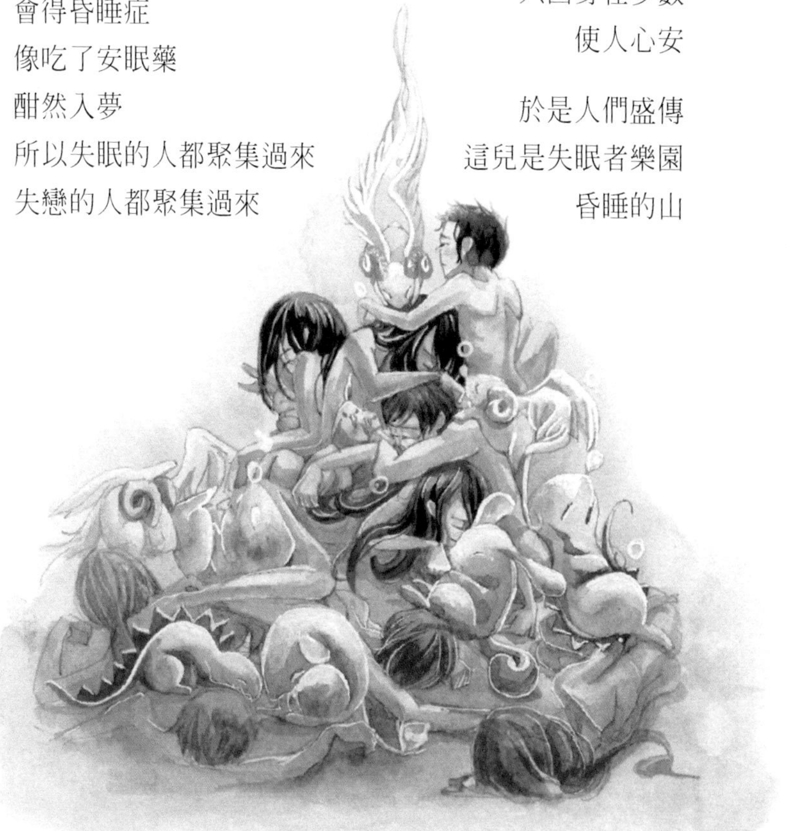

人造山

人類早已超越了神。

他們是地表上最美的生物，
推翻舊有愚蠢的一切，並創造一座
高度文明的美麗新世界。

這是一場，曠世絕響的巨型魔術秀。

都市更新進行中
空間不足
只好向下發展
水渠、機廠、防空洞還是
天然氣管，錯縱絞揉
龐雜如蟻穴
再上築債臺
高速公路、空中花園
甚至樓，都建到一百〇一層高
大樓外一雙布鞋純白
只印有打勾的紋樣
徘徊玻璃帷幕前
猶豫片刻才踏進
曳引起鋼纜
電梯轟轟啟動

「叮！」第七層到了，年稚的羚羊沒看過草原
「叮！」十三層，鬣狗在結群霸弱
「叮！」二十二層，孔雀秀奇鬥豔
「叮！」第三十九層，雄獅頹然無毛，有的卻爭先恐後
四十層以上，沒有叮嚀，須換上鱷魚皮鞋，烏黑油亮

都市更新進行中
大樓高層的地毯是都市地圖
數雙皮鞋走走、停
停、走走，鞋印
踐在無數人的藍圖之上
名為大富翁的遊戲，正式開始
徵收土地逼不得已
所有苦衷只為繁榮經濟
建築模型被恣意拔起
華廈又被輕易安種
踩到的人，請交過路費
當機會與命運的時刻到來
玩家一把豪賭
企圖力挽狂瀾
其他玩家破產前
切記，不得掉以輕心

勝者理所當然享有特權
創作歷史、訂造法律
只是公聽會辦在走山的地錨上
反正一切依法辦理
古蹟、療養院還是誰的誰的
追憶全被剷平
公共利益前都得讓座
到底共利，抑或公益
只有課本清楚定義

都市更新進行中
兩隻被咬爛的皮鞋自高樓殞落——
喀啦喀啦
高跟鞋在節奏上未曾中斷
自動清道器效率高超
皮鞋着地後不須三秒
垃圾徹底掃除。
喀啦喀啦，仍清脆作響
在這裡，
凡事不必親力親為
方便至極
人性化的時代

空氣汙濁，有自動清淨機
不會手排，有自動變速箱
甚至有自動牙刷、自動攝錄與自動燈
自動販賣機取代店員
自動灑水器取代園丁
連養貓，都有自動飼料機
自給自足、自說自話、自導自演
一臺臺無機體冠上「自」
都各自誕為生命
枯寂的貓咪有了陪伴
所有的嗝都獲得滿足

都市更新持續進行中
石砌的河川貫串城鎮
鐵蛇在地表竄爬
電蜘蛛攀上天空撒網
一座岸然的山自都心轟轟隆起
布鞋長靴娃娃鞋藍白拖
紛落遍地，無一成雙
繞山的環狀線丟滿煙幕彈
開著霧燈也下不了交流道

新聞報導：「環狀線連環車禍。」
網友罐頭回答：「R.I.P.」
魔術師的皮鞋踐踏
甚囂塵上、鬼斧神工的
一百〇一層之巔
掀開黑幕
人造山是曠世傑作
大廈的頂尖卻在夜空閃著
熠熠紅燈，宛若恆星
惕慄飛行機不要撞上
而小小的警示塔裏
造物者偷偷雲埋著一尊
趺坐的神像

小說山

西方有一山，
是本巨大的推理小說，
讀完可治癒笨的絕症。

而你總喜歡從 130 頁
最後一章倒著翻它
嘴邊勾起狡黠的笑：
「我想看看作者是怎麼誤導讀者的。」
推了推鏡框
無法理解你的惡趣

玩具山

西海與西陸交界的灰色地帶，
堆疊著各式玩具，
西邊的人稱之為玩具山。

孩子都喜歡玩具
樂高拼出世界，黏土人角色扮演
兩百公分的絨毛布偶
是所有孩子的夢搖籃
百變芭比實現粉紅色幻想
茶几是名模的伸展臺
鋼彈模型讓孩子都變身英雄
遙控飛機載著童言童語穿破烏雲
而掌上機是無限鑰匙
通往一扇扇超時空之門
裹頭有魔法、怪獸與地下城

沒有孩子不喜歡玩具
玩具的世界沒有不可能
醫生、設計師、宇宙飛行士
還是公主、勇者、小精靈
因為寄宿孩子專注的愛
玩具也逐一誕為生命

有一天，父母也會詫異
他們的孩子會走路、會說話
生日不在家過
牙齒都已兌換成金幣
聖誕節不再掛襪子
只精心裝扮，最完美的自己
白蕾絲圓領點點的洋裝
搭著娃娃鞋尖的小珍珠
貌似純潔可愛
而長靴高眺，黑皮革顯得潮帥有型
下着臀形合宜的牛仔褲
肉慾表露無疑
玩具與童話的世界不再
是什麼時候丟棄的呢？
沒有人曉得
但它們全在玩具山

玩具山是愛的國度
寄宿小主人全力的愛
玩具山是孩子的天堂
不存在夢想，因為全都已實現
但玩具們不快樂
因為它們早就過期褪色

丟失小主人的專注眼神
玩具山成了哭泣的城堡
它們把自己，鎖在天空上
回憶的寶箱裏
鑰匙是小主人第二十一顆乳牙
掉落在成長海
沒有浮起來

太陽山

向北飛去——

像戳傷了逆鱗
風見雞被推翻了信仰
或許，當思想削得鋒銳
除卻刺擊，猶能指引

向北方幽天飛去——

在西北方的天空上，
有一座漂浮的山，
是世界最迫近太陽之處，
故曰太陽山。

這兒的居民是人馬
勤勤懇懇
樂觀積極
善奔、善跳躍
善織黼黻、砌石硅、斫軒轅
無業不鼎盛
世界的修道者紛至沓來
日日為信仰奉獻
相信天道酬勤
不覺勞苦
是夢想的住民

太陽山至高處是斷崖
崖之巔頂有一碗巨大的巢
裏頭有彩色的蛋
是鷲鷹的居所

風見雞乍到
鷲鷹正啣著磁石準備飛翔
風見雞連忙招呼
「誠有一惑，望請不吝賜教。」
扭頭，用蒼朗的眼神示意
「請問，末日將臨，當何以適從？」
卸下口中磁石
斬釘截鐵地：
「源末日，爾安知何以致邪？」
他的雙瞳如白虹貫日
只是被盯著就難禁哆嗦
「經緯傾斜、天地隳頹。」
鷲鷹頷首
「既曉末日之本，
　盍繕寰宇之漏、葺六合之闕？」
還不及反應
鷲鷹又叼起五色磁石
飛離巨巢

颪見雞眼前的濃霧漸漸散去
微蹙的眉心緩緩鬆開
當明喻了普世之理
所有思想雜揉
身軀細孔舒張
羽翮變得輕盈
同步陽光寧靜的頻率
不再猶豫
向世界的中心飛去——

向鈞天飛去——

大荒

大大海

在所有海洋之下
所有山脈之上
在所及的世界之外
存在著一座未知、未聞、未探索
無比巨大的海
居住著多元的謎樣生物
毛龜、角兔、三足烏
慶雲、紫蠊、九色鹿
太多太多前所未見
無法分類的生命體
所有個體的意識如一座座冰山
奔海平面下探去
那兒的水不是水，沒有浮力與阻力
行走其中，沒有氣泡逸出嘴角
騎上思維的駿馬，沿循信受的紅蓮
時間的鴟鴞倒數夢的沙漏
鏈結至深潛的海脊，串流一脈
據說我們的世界在大大海之中
只是一根星球棒棒糖
在世界極高極高
幾乎無人攀及的密語山上
那裡有一間圖書館

存錄著關於大大海的訊息
唯有經篩選的人們：
駕馭鷹隼的元首
自由的石匠
懸崖上修道院的盲女
貪婪的考古學家與盜墓者
以及詞窮的詩人，知曉
密語山與大大海的存在
他們躡手躡足，對外噤聲
庸庸碌碌的人民
無力斷定真偽
為避免騷動
特殊的人們選擇無視大大的海
（儘管它是這麼顯而易見）

而訴說祕密的我
與聆聽祕密的你
又將懷抱祕密
出走，到哪裡去呢？

是文明的城堡嗎？
還是知惠的燈檯？
或許，就在信仰書店。

中
山

貝殼山

在中山，
匯聚五海而來的貝，
堆造了一座貝殼山。

那裡有各類教徒
如夜夙魚未曾闔眼地追視
伏地、祝禱、膜拜
再以水晶澄澈的虔誠心靈
用浩繁的貝，築起神之殿
或寺、或廟、或教堂
侍奉各自的神
卻一片和樂
因為真正的神侍毋須爭執
所有的神都是「壹」的化身
眾神僅是壹的監視器
替祂諦觀所有角落
甚至海脊之民

神之治沒有忌諱、真理與綱條
祂創造善、惡
祂創造生、滅
祂創造萬物各心

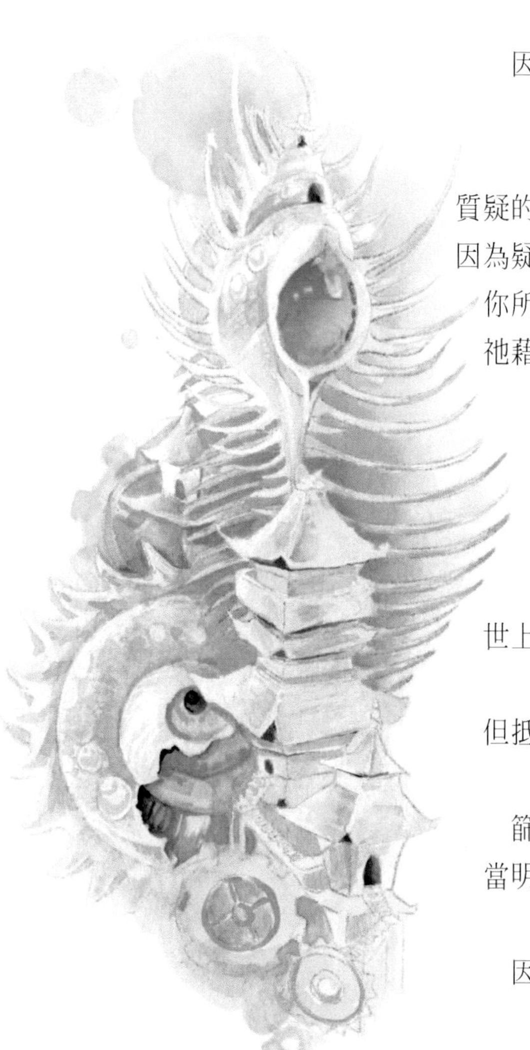

因此世上所有存在
毋須解釋
皆是祂的傑作
質疑的人亦不會背離祂
因為疑惑也是祂所創造
你所知的誡諭，全是
祂藉人之手編織而成
僅是平衡世之理
善惡的秤砣

世上許多人跋山涉海
前往神之殿
但抵達的人很少很少
祂不會阻止
篩選也是祂的旨意
當明白世界運轉之鑰
你會安心
因為沒有人的軌跡
曾脫離命運

存在山

草之滋養為生產
菌之繁衍為分解
世界中
有出泥不染之善
有輻輳陰藪之惡
祈人類永存、盼萬物毀滅
一切的理由成雙
唯存在的理由獨一
存在則必須存在
無存在而不須存在之理由
純善存在
純惡存在
凡庸偏善存在
凡庸偏惡存在
揚善者存在
播惡者存在
中庸之中庸乃立足點
無可相對

世界的中山存在一座山，
它的存在，
只為觀望一切理由而存在。

山中山

看山是山
看山非山
看山又是山
因此
花中有花
川中有川
大地中有大地

於是
望珊瑚是珊瑚
望珊瑚不只珊瑚
望珊瑚見藻與珊瑚
因此
海是海
鷗是海
月是海

於是
見雎鳩而聞關關
見雎鳩而思淑女
見雎鳩而覺如雎鳩
因此
人仿自然
人即自然
人本自然

密語山

傳聞密語山，
是世界最高的山，
纏繞真理的鎖鏈，
蘊蓄文字的源泉，
寄寓世上萬象的知識，
這裡，無惑不解。

肉體抵達不了密語山
只能透過靈魂
鍛鍊過的靈魂
穿越山中之山
像自然焚燒的森林得到解答
感應的人們
偷下未來的光譜
通曉命運
可沒有關係
命運不會受到改變
因為你的竊盜
也記錄在命運之上
不必沾沾自喜
是命運讓你找到祂

命運在密語山颳起了一陣風暴
知識與符號應然而飛
飛到人們的手上
請珍惜
那將是你畢生的寶藏

中海

生命海

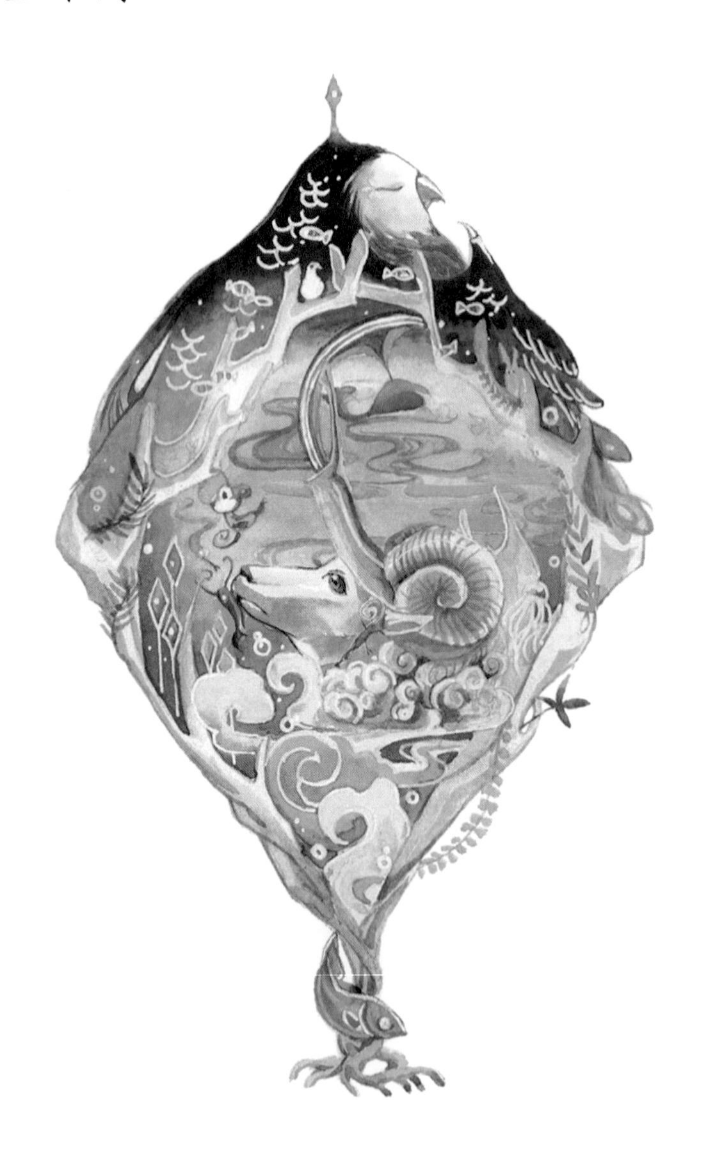

你誕生自第十三座海洋
那兒的浪花濃紫
水如紅藻般細細絨絨
冒著枇杷的泡泡
突然彈破
兩指寬的蟬蛻揚揚飛翔
鵜鶘銜子滑過水面
膽黃色的蛇吐信與鯉魚的長鬚交纏
繞成蝴蝶的羽衣
楊桃樹上長滿星座
熊用蓮蓬頭灑出蜂蜜洗澡
山羊的角是蝸牛
小丑魚的家是鹿茸
貓頭鷹的身軀布滿鱗片
旋轉頭顱，鑽游於海
鯨魚的氣孔噴出墨汁
在天空畫出一道黑色彩虹

我戴著章魚皇冠
足是桂樹
根交揉在鋼絲絨似的雲端
見證你與愛的誕生

洞穴海

如果從衛星鳥瞰，你會發現：
大地上開著一個巨大的洞，
那就是我。

一片漆黑
陽光都照不進來
就算下雨
也未曾積水
有人用聲納探測
卻從無回聲

空空的我
裏頭什麼都沒有
像掏空的海

「損！損！損損！」
我拚命地挖著
「損！損！損損！」
拚命地，被誰挖著
「損！損！損損！」
也不知道在挖掘著什麼
許多人笑我
每天瞎忙，活像個笨蛋

即便是一無所有
像笨蛋的我
不知哪兒來的想法
篤信
巨大洞穴下肯定有著什麼
有瑩亮的寶礦嗎？
或大西國神隱的祕密？
還是失傳的經文、太古生物的殘骸？
我不知道下方有什麼
但總有一股低沉的音聲
絮絮地在我耳邊呢喃
繼續挖掘下去
將出現世界最輝煌的寶藏

「摃！摃！摃摃！」
我會挖掘
繼續地挖掘
「摃！摃！摃摃！」
直到雙手殘廢、肌腱斷裂
全身關節被磨耗殆盡
「摃！摃！摃摃！」
還有喉嚨嘶喊
呼人一起挖掘

「損！損！損損！」
當我啞了
可以用精子
孕育子子孫孫
繼續挖掘
持續地挖掘

兒子啊
我們必須開發軀體
啟動對世界的所有覺知
孫子啊
我們必須鍛鍊內心
足夠強大，不躁亂、不荒廢
「損！損！損損！」
用身體勞動吧！
「損！損！損損！」
用心靈勞動吧！
「損！損！損損！」
我不知道深淵下會有什麼
像你對海洋的未知
但我還是會持續挖掘
不斷挖掘

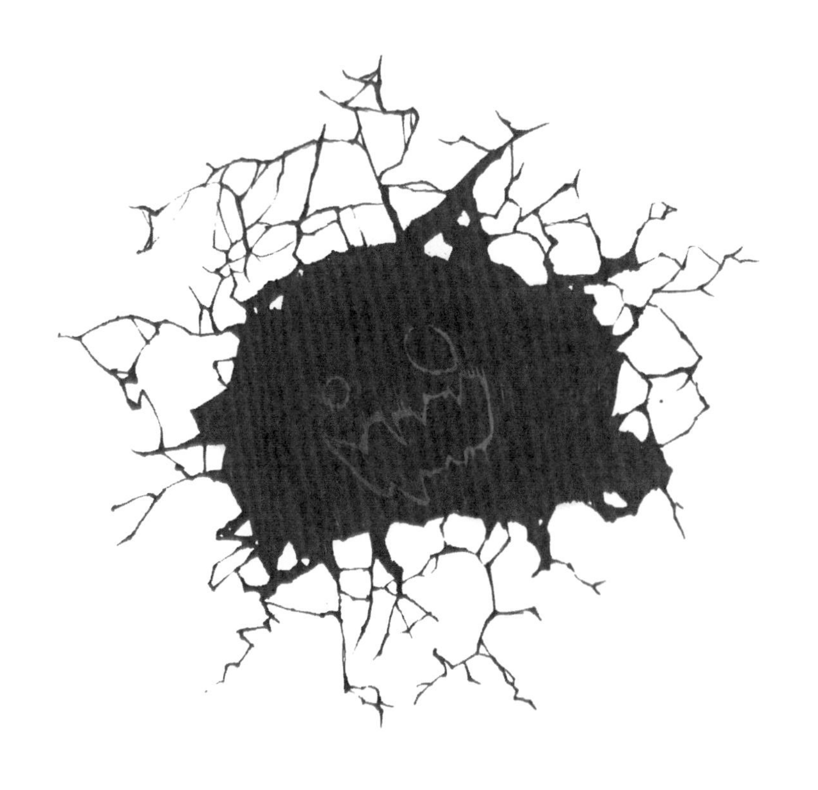

「損！損！損損！」
大地上開著一個巨大的洞，
那就是我。

風之海

在夜打落後
我看見風的顏色
挾著一點光，微絲
如細雨
我看見風之海
涵著光搖曳
落入湖心
迸開

落入風之海泅游
以為窒息
睜開眼我看不見風以外的世界
一片幽暗
在夜打落後
風就沒有朦朧的可能

風裏是真空
你的嘴形張呼
只聽見風的聲音

又一次掉進
夜打落後，漆黯之海
這次擡頭，我知道

晦晦澀澀中
有月亮的入口
引我走進
海與風以外的世界

小小海

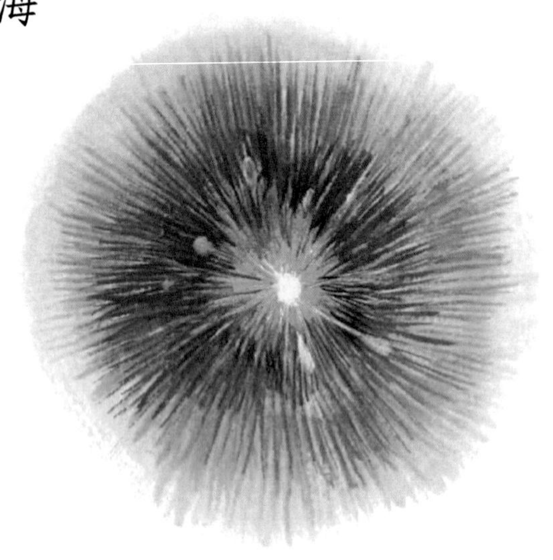

世界上存在著一座
小小的海洋
小到肉眼不見、放大鏡無效
連在光學顯微鏡下
也宛如細胞渺小
沒有人知道它在哪裡
比逃水、磁暴、麥田圈
還是極光間震盪的粒子，更加地
飄忽不定
沒有人發現它的存在
儘管每個人都耗盡一生，追尋它
直到死亡

靈魂才從眉心抽出
回歸小小的海洋
卻也沒人不好奇它的存在
它的狀彩、它的聲浪
當靈魂浸淫其中
會是怎樣的溫度
那小小的海，究竟是什麼呢？
你猜、我度、他推斷、疊上誰的妄想
人們慣於堆砌它的神祕
言語如葉飄零
沒人記得清，在梢上的模樣

小小小小的海
是反刺的魚籠
只有足夠纖細的靈魂
才能穿梭其間
你的靈魂比羽毛還輕嗎？
要不要試試？
別怪我沒說
肥大的靈魂鑽入魚籠
只進不出

靈魂海

若靈魂的樣子
是死亡剎那的宿留
我會選擇一個
完滿的日子
將穿得一身靜默
安詳成對，環扣在耳
將如意抹勻雙頰、並以
光，妝點額心
以美麗的姿容
聆聽、祝禱
從心發願
一切的美好
降臨世上

當銅杵敲響巨鐘
鐘舌慎重地擺盪
虔誠的合掌間
精神竄逸而出
靈魂的樣子化為光冥
存保自身的意志
觀矚所有我愛的人
和那些還沒愛上的人

融進萬靈的意志
感應第一片雪，輕覆最高的山巔
地脊澎湃，徐吐熾熱
森寂的夜裏
靈魂寄宿曇花苞群，綻成海洋
順應大塊，自然的震顫
任意鑽翔

流星海

所有星星都朝中洋飛去
那兒的海脊有磁
吸引全部發光的念力
海面居住各色各樣，吃星星的魚
依據星色不同
可延長各式模樣與能力
鐘紅色星星增長年壽
吃了珠黃，額心發光
白星較澀，不能吞嚥
要落入貝類的心，釀成珍珠
魚吃了紫夜色的星，變形
絞騰幻化成
漂浮海洋的大眼睛
你沒看見嗎？
海洋上一閃一閃
無數的眼睛
正盯著世界
悄悄運行

地心海

在世界的中央，
有一座洞穴海。
其下，
有一座海洋，
名曰地心海。

我曾是一隻蜻蛉
旅經世界之心——洞穴海的上空
被其強大引力吸收
暈厥

當初次甦醒
是一個藍元素組成
未曾見過的世界
藍色岩漿的水脈游過我的腳邊
澄澈見底，不是太燙
瑩亮著淡淡的光
有的跳出漿流
塑形晶體，多角
會折射，讓我看見自己
好多好多的自己
每一張臉都有不同的表情

胖了的自己
瘦削的自己
幼稚的、年邁的
慶幸的、倒楣的
黯淡的、發光的
好多張臉我沒見過
一點也不熟悉
可我知道那都是我
這些自己是藏在哪兒呢？

我邊想，邊走
卻迷路了
諦察才發現
光流在晶體間湧動
瑩瑩爍爍、滅明有別
沿著光輝的藍晶走
遇到深淵，那裏誕生光
讓我找到，是刻意的嗎？

跳下深淵
沒有重力與驚心
腳如落到巧拼輕輕柔

暖暖的，從腳掌心湧上額心
頭蓋好似開了洞
腦中的思緒竄逸而出
與周延融一
知識與風景幻幻而過
彷彿翻閱編年史
只是一瞬就看完多少世紀

我搖搖頭
讓視線集中
繼續前走
突然亮得睜不開眼
用手微遮
指縫間瞇見了光芒
是巨大的神聖——
一隻野獸
沒有臉，可我知道祂在笑
打了個呵欠
拂上我的臉
好像很燙、又很凍
瞬地闔上眼瞼
趕緊摀臉確定五官還在

睜開眼我看見風
看見音波
看見岩漿的結構
看見情緒的分子
野獸消失了
我的軀體漸漸散逸在深淵
輕聲地說：「再見」
最是平凡的道別
因為我知道祂
永遠都在

我還是一羽蜻蛉
四處飛
複眼納進了花鏡風景
四處飛
翅膀記憶著透明脈紋

四處飛
四處飛
最後點在水上

卷末

觀

我佇立瓦片鱗布的屋頂
注視著這個世界
有風拂動
我銅紅的翅羽
靜靜默默、直指向
風去的彼方

當我第一次，睜開雙眼
孩童翻越籬笆
於牛羊間欣喧
中央廣場人們瀏覽著
吟遊詩人的句法
午後市集商旅兜售著希奇珍寶
偶爾傳來村長的廣播
安於小鎮的詳和
我漸漸明白
凝望

稻田似漣漪讓風淪散
遠處山巒間，藍靄浮動
專注著月圓漸瘦、月弓漸豐以及
星辰漸昇的角度
慣於一切景色相關的細節
我學會了一種眼光
透視

崩沱夏雨中能看見星星
偵感紅葉上是否飽蘊溼氣
翅翼被海風輕蝕、冬陽呵暖
春日中靜默，能嗅聞淑氣
看穿時間的遞嬗
而勢必將學成一種，迴停的姿態
巧立如茶莖靜靜
暗喻，一道最終的捷徑
輕啜，漣漣波動
卻直浮不動

闔著眼，我目睹
三重山外，一位旅者負笈經過
一隻蠅被蛙舌捲食
以及一珠露滑過葉脈
萬萬事物隨冥思
瞭若掌脈
並逐一觀照個體
不摒除憤怒、怨懟、厭煩、
盲點，還是種種盛開如地獄之華
不發揚善的意念，任其生息
學會一種順應的儀姿
隨之旋舞

然後用光速，
陀螺似地，旋動
貌似靜止卻又疾馳穩妥
我開始能看見，四萬公里以外的事物
最終，見到自己
赤金的背羽反映銅澈的光澤
我看見自己軀體前方
下一秒有青鳥掠過
開始能看見，
明日

再次睜眼
仍是町鎮的安逸
我注視著整座世界
不遺漏一個角落

我是一尾風見鷄
靜靜、默默
佇立在命運的屋脊
洞悉微颸的指引
不曾偏移

跋——繪者　　陳馥蕓

詩人邀請我參與創作時，這本書的世界仍未構築完全，然而僅僅是幾頁未經潤色的初稿，就已讓我大開眼界，並且深深為這淺灰色基調，卻又極其絢麗繽紛的世界着迷。隨著詩人導讀每一則奇幻故事，我好似掉進了樹洞，與主角風見雞一同遊歷了現實與虛構交錯的世界，並與詩人一同挖掘定義，慢慢修補，當世界緩緩成形，彷彿也看到風見雞逐漸豐滿了自己的羽翼。

過去我身為一位純粹的圖像創作者，不曾有圖文合作的經驗，這趟旅途讓我第一次為詩人的創造力深深震撼，每一則精心創作的詩篇，都猶如一件件雕工精湛的藝術品，筆桿是詩人的刻刀，而字符是筆觸，一字一句地斟酌都猶如一刻一劃地精雕細琢。

一直以來我都習慣以圖像思考，在創作過程中難免受限於我腦中所熟知的既定型態，又或是會下意識避開那些較難用圖像表達的想法與概念，是以讓我在構築這個世界時不得不思考：「我要如何以有別於文字的視角切入，將詩人地描述轉化成圖像？又該如何讓讀者更快融入這個有趣的世界？」在這思考的瞬間，文字和圖像之間所產生的火花，讓我看到了藝術創作更多的可能性，這也正是最初我應下邀約的原因。

整本詩集中，讓我能毫無壓力、畫得最開心的部分就是〈大大海〉裡面的生物了，牠們在《山海詩》裡是一群未經探索的謎樣生物，也是我平時塗鴉喜歡畫的小怪物，詩集中隨處都能見着他們的身影，因為牠們的活潑身姿已迫不及待地四處探險，不願被限制在只屬於牠們的篇目裡，於是便滿溢而出，在許多空白的地方總能見到牠們的蹤跡。

此外我也讓那些曾經拜訪過我的夢中生物登場在部分篇章，像是火蟬、睡羊、小垃圾、小恐龍、長著松鼠尾巴的怪鳥……，希望讀者看到逗趣可愛的牠們淘氣地上躥下跳時都能會心一笑。

《山海詩》中涉及的範圍包羅萬象，當聽著詩人說明每一則詩篇的創作動機、理念和寓意，幾度讓我回想起求學時期被國文老師支配的恐懼，那何止是資訊大爆炸，簡直在我腦中炸出了一個銀河系！這也讓我深深了解到自己是如此地無知，畢竟身為甚少主動接觸新知的穴居人類，我的知識儲備量是遠遠比不上詩人的，導致他只能逐字逐句像在搬磚一樣地解釋內容，再看到他與美編在校閱時反反覆覆琢磨著每一處該使用哪個字眼意義能更為精確，便又讓我深刻了解到太有文化是怎麼把自己逼瘋的，不太靈光的我果然還是安靜畫圖就好。

最後我要感謝一路上的支持我、鼓勵我的人們：謝謝秀威出版社願意出版《山海詩》，這對我來說已經是最大的肯定；謝謝林士棻老師在百忙之中為我寫推薦序，在大學期間的插畫課堂雖然很短暫，卻拓展了我繪畫道路；謝謝宇凡畫室的許國華老師，從來不限制學生們發揮創意的空間，甚至陪著我們一起天馬行空，讓我腦中的繽紛色彩都可以自由翱翔；謝謝嘉芮在每一次我感到困惑時，都能用獨特的角度給我靈感；謝謝我在藝術領域這一路上摸索時，所有提點過我的老師、同學朋友們。

特別感謝邀請我一同創作的詩人洪逸辰，謝謝他與我共享這個有趣的世界，也在後續擔起和出版社聯絡等對外事項，讓我專心畫畫而無後顧之憂；謝謝美編，也就是我的姊姊，若不是有她的牽線使我和詩人認識，這本詩集就與我無緣了，也謝謝她的包容，總是不厭其煩地追我的進度，讓這本詩集終於可以用完整的樣貌呈現在大家面前；感謝我的父母家人，是他們在藝術這一條路上給我滿滿的支持與鼓勵，放手讓我做我想做的事。

最後我想感謝走進《山海詩》世界的你，希望我筆下的這些角色可以潛入你的夢境，帶你在這本奇幻繽紛的詩集中盡情冒險。

跋——著者　　　　洪逸辰

讀詩、寫詩，已度十來冬夏，到底詩是什麼？自己稱得上是詩人嗎？詩的意義為何？而又為何要一直堅持至今呢？

始終熱衷於創作，卻不專注出版的我，在二〇一八年有幸獲獎於文化部舉辦的詩人流浪計畫，評審陳義芝老師在我的詩中看見社會學，才一語驚醒我，原來不斷在詩中探索的不只是自我的靈魂，而在記錄——記錄下世界的真相。誠如辛波絲卡對純粹詩的懷疑，寫詩愈久讀的詩愈少，身為詩人，基本技巧受到肯定後，我則更傾心於讓雙眼凝視世界方隅。成年後不再如少年時期僅仰慕文學，也將觸角延及語言學、心理學、教育學、社會學、美學，或是調香、花藝、卜筮、催眠、冥想，並回首自幼便熟習的藝術領域，發現當觸鬚愈發茁壯，便永不乏創作的題材——等待酒神降臨雖是一種創作模式，可現在的我除此之外，更願意化為一羽風見鶏，去見那些尚未見識的，去愛那些尚未愛上的，讓它們化為多彩的筆芯，自如地寫成各樣斑斕的詩。

馬林諾夫斯基曾說：「古代神話乃是現代詩歌靠著進化論者所謂的分化和特化過程而從中逐漸生長起來的總體。」詩歌和神話本同源，而神話是古代人以觀相學（physiognomic）的角度記錄當時見聞，誠如涂爾幹所言「神話的所有主旨都是人類社會的投影」，因此與其說神話是先人奇妙浪漫的想像，倒不如說是寄託了他們的信仰、文化和歷史的載體。是故，在這本詩集不只是淋漓盡致地發揮了我和馥蕓的奇想，更大的想望是見證這個時代宛如龐貝城的瞬間。這本詩集前後花了七年的時間構思、拉坯、素燒、上釉再釉燒，在日新月異的時代，這種十年磨一劍的思維或許已不合時宜，但也因為如此執拗，才會永遠站在少數的一方，尋找常人幾少觀照到的角度切入，期盼能與每個人一齊在這既非虛構又並非真實的世界覓得共鳴點和驚奇點。

至於，在這本書完成的路途上協助我們的人，在此我更要一一銘謝。謝謝秀威出版的賞識，協助出版的昕平編輯、慈蓉編輯；謝謝一路引領我的師長，尤其特地為我撥冗寫序的陳芳明老師，啟迪神話靈感的鹿憶鹿老師，啟蒙現代文學的張曼娟老師和楊宗翰老師，不吝給《山海詩》精準建議的羅智成老師，還有在詩人流浪計畫提攜過我的陳義芝老師、沈花末老師、須文蔚老師、紫鵑老師；謝謝在許多夜晚抵足而談，並為詩作譜曲的王蓓；最不能忘記的是一路支持我的家人、摯友詩朋與執手。

特別必須感激三位極其重要的人：謝謝馥帆多年來同我一起築夢，是我此生難得的搭檔；謝謝馥蕓和我一同細細雕琢出《山海詩》的世界，讓我們的空想都落成踏實；更要謝謝十年間在創作現代詩的路上，包容我、教導我、指引我的師傅——陳依文老師。

最後，要向此刻看到這一行的你，表達最真摯的感謝。這本詩集我嘗試化為多元的角色觀注世界；也用繽紛的口吻敘事：溫柔、醇厚、可愛、寧靜、冷酷、諷刺、激昂、悲憤。可能並非每一個角色、每一種口吻都合你的胃口，但我相信在這一本文字都在飛翔的彩色詩集，你萬苦千辛地跋山涉海之後，一定有一座山、一座海，或一首詩篇，能輕巧地落在你的心尖，於冥思的月色下娓娓吟唱：

天空下起了一場文字雨
站在地窪
我們雙手捧接

讀詩人－134　PG2390

山海詩

作　　者　洪逸辰、陳馥藝
責任編輯　林昕平
圖文排版　陳馥帆　　圖文完稿　詹羽彤
封面設計　陳馥藝　　封面完稿　王嵩賀

出版策劃　釀出版
製作發行　秀威資訊科技股份有限公司
114 台北市內湖區瑞光路76巷65號1樓
電話：+886-2-2796-3638　傳真：+886-2-2796-1377
服務信箱：service@showwe.com.tw
http://www.showwe.com.tw
郵政劃撥　19563868　戶名：秀威資訊科技股份有限公司
展售門市　國家書店【松江門市】
104 台北市中山區松江路209號1樓
電話：+886-2-2518-0207　傳真：+886-2-2518-0778
網路訂購　秀威網路書店：https://store.showwe.tw
國家網路書店：https://www.govbooks.com.tw
法律顧問　毛國樑　律師
總 經 銷　聯合發行股份有限公司
231新北市新店區寶橋路235巷6弄6號4F
電話：+886-2-2917-8022　傳真：+886-2-2915-6275

出版日期　2020年4月　BOD一版
定　　價　590元

國家圖書館出版品預行編目(CIP)資料

山海詩 / 洪逸辰作,陳馥蕓繪. -- 一版. -- 臺北市 : 釀出版,
2020.04
面； 公分
BOD版
ISBN 978-986-445-387-0(平裝)

863.51 109003952

讀者回函卡

感謝您購買本書，為提升服務品質，請填妥以下資料，將讀者回函卡直接寄回或傳真本公司，收到您的寶貴意見後，我們會收藏記錄及檢討，謝謝！

如您需要了解本公司最新出版書目、購書優惠或企劃活動，歡迎您上網查詢或下載相關資料：http:// www.showwe.com.tw

您購買的書名：________________________________

出生日期：________年________月________日

學歷：□高中（含）以下　□大專　□研究所（含）以上

職業：□製造業　□金融業　□資訊業　□軍警　□傳播業　□自由業

□服務業　□公務員　□教職　□學生　□家管　□其它_____

購書地點：□網路書店　□實體書店　□書展　□郵購　□贈閱　□其他

您從何得知本書的消息？

□網路書店　□實體書店　□網路搜尋　□電子報　□書訊　□雜誌

□傳播媒體　□親友推薦　□網站推薦　□部落格　□其他__________

您對本書的評價：（請填代號　1.非常滿意　2.滿意　3.尚可　4.再改進）

封面設計____　版面編排____　內容____　文／譯筆____　價格____

讀完書後您覺得：

□很有收穫　□有收穫　□收穫不多　□沒收穫

對我們的建議：________________________________

____

____

____

請貼
郵票

11466
台北市內湖區瑞光路 76 巷 65 號 1 樓
秀威資訊科技股份有限公司 收
BOD 數位出版事業部

（請沿線對折寄回，謝謝！）

姓　　名：________________ 年齡：________ 性別：□女　□男

郵遞區號：□□□□□

地　　址：________________________________

聯絡電話：（日）________________ （夜）________________

E-mail：________________________________

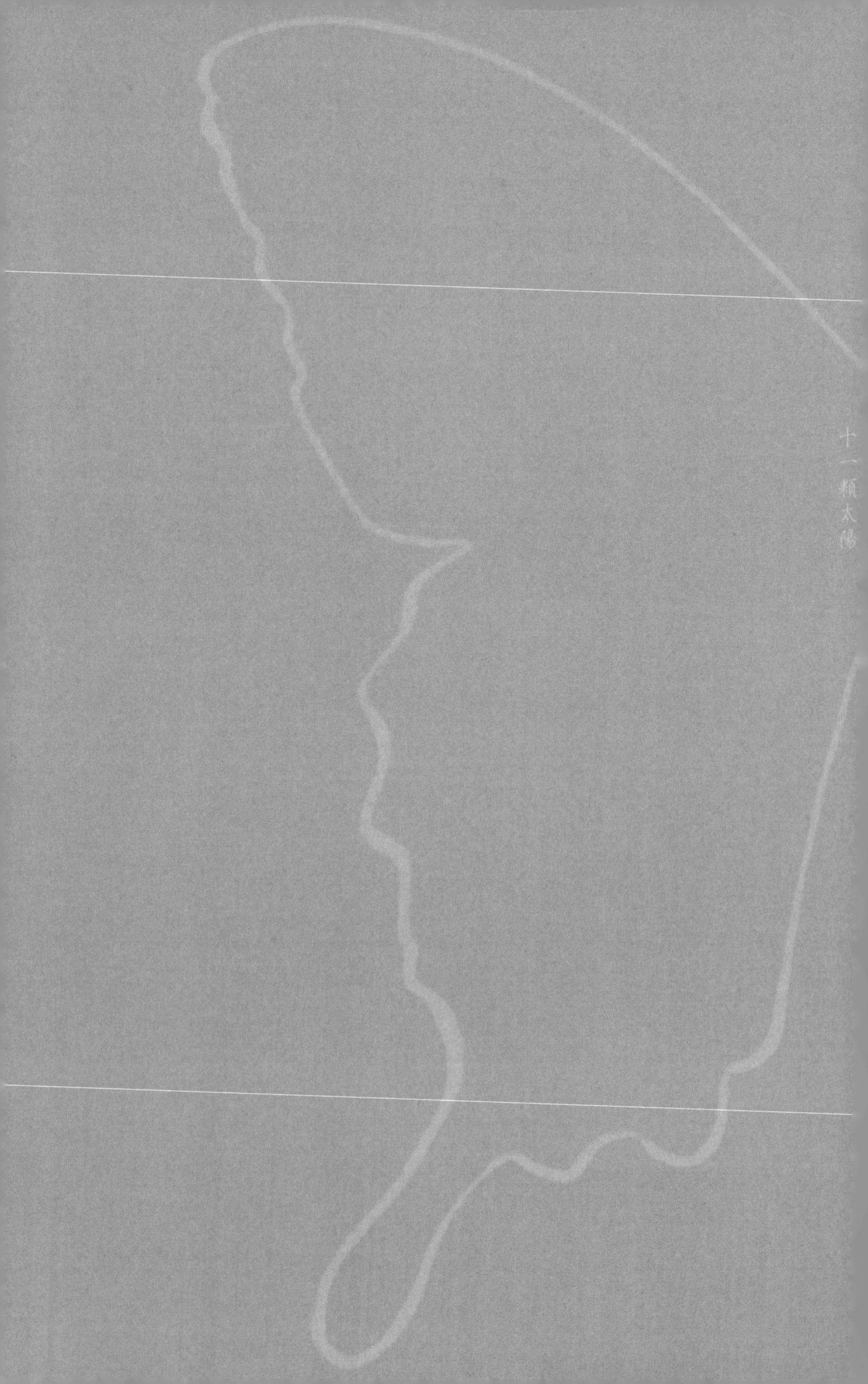
十一顆太陽